illustration:Nari Teshima

Der Werwol
14
Hyougetsu
漂月
Nari Teshima
手島nari
人狼への転生、魔王の副官
黒狼姫と砂の追憶

# 登場人物
# Character

## ヴァイト

日本人から転生した人狼。
魔王軍で魔王の副官兼、
ミラルディア連邦の評議員を務める。

## フリーデ

ヴァイトとアイリアの
間に生まれた少女。
変身はできないが人狼並みの
優れた能力を持つ。

シリン
フリーデの
幼馴染である
竜人族の少年。
魔王軍幹部の竜人
バルツェと
シューレの息子。
ユヒテ
フリーデの
幼馴染である少女。
輝陽教の大司祭
ユヒトの孫娘。
エレオラ
ロルムンド帝国の女帝。
ヴァイトたちとは
旧知の仲。
ミーチャ
エレオラの姪で
フリーデの親友。
なかなか
会えないが、
定期的な文通を
続けている。
アイリア
魔王軍の三代目魔王。
ヴァイトの妻で
フリーデの母。

至ロルムンド
採掘都市
クラウヘン
農業都市
ヴィルハイム
城塞都市
ウォーンガング
〈風紋砂漠〉
ワの国
迷宮都市
ザリア
工芸都市
ヴィエラ
交易都市
シャルディール
(東方交易路→)
漁業都市
ロッツォ

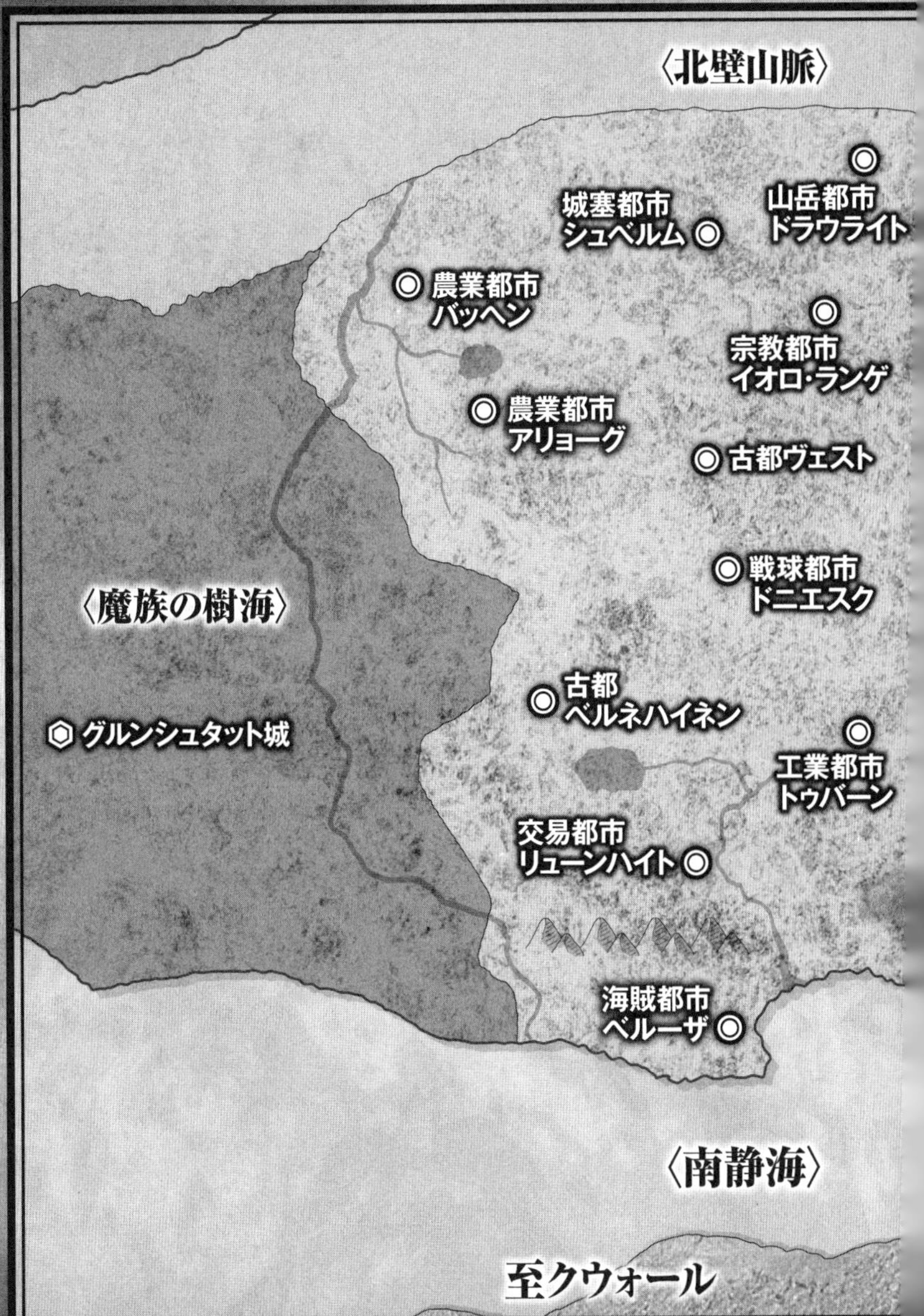
〈北壁山脈〉
山岳都市
ドラウライト
城塞都市
シュベルム
農業都市
バッヘン
宗教都市
イオロ・ランゲ
農業都市
アリョーグ
古都ヴェスト
戦球都市
ドニエスク
〈魔族の樹海〉
古都
ベルネハイネン
グルンシュタット城
工業都市
トゥバーン
交易都市
リューンハイト
海賊都市
ベルーザ
〈南静海〉
至クウォール

# これまでのあらすじ

生きる伝説〝黒狼卿〟ヴァイト、〝魔王〟アイリアたち魔王軍のおかげで
隣国のロルムンド、クウォール、ワの国と友好的な関係を築きながら平和な毎日が流れていくミラルディア。
そんな偉大な両親の姿を見て育った娘のフリーデは
母であるアイリア譲りの美貌と知性に加え、
父ヴァイト譲りの人狼の力と行動力をもった快活な少女に成長していた。

ミラルディア大学初等科を優秀な成績で卒業した後は国内の短期留学を経験。
そして今度は、帝国ロルムンドの女帝エレオラきっての願いで両国の親交を深める使節団のメンバーに選ばれ、
幼馴染のユヒテ、シリンとともに使節団の一員として派遣されることとなった。

ロルムンドでは父の偉業を肌で感じ、いろいろな学びを得ながら
エレオラの姪である皇女ミーチャと親交を深め
お忍びで城下町に出かけるなど楽しい時間を過ごしていたが、
エレオラ失墜を目論む謀反人によってミーチャが誘拐されてしまう。
フリーデは尾行してアジトを突き止めるが、謀反人たちの策略によりこちらの応援が来ない。
しびれを切らしたフリーデは１人でアジトへ潜入し、友であるミーチャを見事に救出してのけた。

使節団の一員が単騎で敵陣に踏み込むという、
外交問題に発展しかねない軽率な行動で大人から注意されるフリーデだったが、
皇女を救ってくれたという事実には、さらに多くの謝辞と賞賛が送られた。

ヴァイトの魂を色濃く受け継ぎ、勇敢で誠実、そして清廉な心を持つフリーデの存在は
こうしてロルムンド貴族たちの間に強く印象付けられたのだった。

The story so far

Contents

# 第十四章

014

# 第十四章

ミラルディア連邦と隣国ロルムンド帝国との関係は、ミラルディアが派遣した交流使節団のおかげでまた少し良好になった気がする。

「フリーデの大活躍は予想外だったな。まさかミーチャ皇女誘拐事件を解決するとは思ってもいなかった」

俺は愛しの魔王陛下と午後のお茶を楽しみながら、そう言って苦笑した。

「あの子はいつも俺の予想を超えて凄いことをする。やることは無茶苦茶だが、それだけの結果は出す。かなり危なっかしいが、立派になったよ」

するとアイリアは微笑みながら、俺の顔をじっと覗き込む。

「あの子はあなたにそっくりですから、そんなところも似ているのですね」

「そうかな?」

俺は周囲の期待を裏切るのが怖くて、失望されないように頑張っているだけだから少し違う気がする。正直しんどい。

「フリーデには自由に生きてほしい。そんなに頑張らなくてもいいから、楽しい人生を送ってほしいんだ」

「私も同感ですけれど、周囲が放ってはおかないでしょうね」

アイリアが心配そうに言う。

実のところ、我が妻の懸念は俺も抱いていた。

「そういえばこの後、フミノ殿が公務で来訪予定だが……」

「あの方が『公務』でおいでになるのは珍しいですね。いつもは私用で大事な用件を伝えに来る方なのに」

アイリアがクスッと笑ったので、俺も苦笑してみせる。

「私用ということにしておけば、何か問題が起きたときにフミノ個人の責任にしてしまえるからな。何かと責任にうるさいワのお国柄だよ」

日本からの転生者が何人も介入しているせいで、あの国はかなり日本的だ。良くも悪くも。

するとアイリアが少し考える様子を見せた。

「わざわざ公務と宣言していらっしゃる以上は、何か重大な用件なのでしょうね」

「そうなるな……」

絶対に厄介な用件だぞ。

そしてその予想はかなり当たっていた。

「アイリア陛下、ヴァイト閣下。御多忙の折にお時間を割いていただき、誠に恐縮です」

正装のフミノが丁寧にお辞儀をしたので、俺もつられて頭を下げる。普段からしょっちゅう「私用」で来ている人なので、なんだか今更感もある。

一方、アイリアは国家元首として軽く会釈で応じた。

「公務での来訪、お疲れ様です。フミノ殿とは長い付き合いですが、公務でお会いするのは数えるほどでしたね」

アイリアがさりげなく誘導すると、フミノはワ人特有の曖昧な笑みで応じた。

「はい。とりわけ重要な用向きのときには、やはり公務としてお伺いいたしませんと」

つまり今回は「とりわけ重要な用向き」という訳か。やだなあ。

フミノはすぐ本題に入ってきた。

「ミラルディアからロルムンドに親善使節を派遣した件を本国に伝えたところ、多聞院の評定衆が大変に関心を持ちまして」

「ああ、その件か」

おおまかな用向きがわかったので、俺はホッとする。軍事面や経済面で何か頼まれるんじゃないかと思ってビクビクしていたが、どうやらそうではなさそうだ。

とりあえずフミノの言葉の続きを待つ。

「そこで我が多聞院も、ミラルディアとの技術交流を深めたいと考えております。多聞院はミラルディア大学の学生をお招きしたいと申しております」

「ミラルディア大学の学生ですか」

アイリアが確かめるように問うと、フミノがうなずく。

「ええ。ただ我が国は遠方ですので、最初から大勢の方を……という訳にもいかないでしょう。数名程度でいかがでしょうか」

真意が透け透けだぞ。匂いを読み取るまでもない。

フミノも真意がバレバレなのには気づいているだろうが、澄ました顔をしている。彼女は何もかもお見通しだ。

だからこう言ってやる。

「多聞院はフリーデたちに興味があるんだな、フミノ殿？」

「ふふ」

言質は取らせないが、肯定の笑み。

俺は釘を刺しておく。

「あくまでもフリーデたちの意志を尊重しますが、よろしいか？」

「それはもう」

フリーデたちが行きたがることぐらい、彼女はお見通しだ。

特にシリンは絶対に行くだろう。彼のワ風文化への憧れは崇拝に近い。それもこれも、多聞院が長年かけて彼を魅了してきたからに他ならなかった。多聞院の先見性と周到さは尋常ではない。

「参ったな、あの子たちが断らないとわかっているんだろう？」

「そうでなくては交渉役など務まりませんので……」

相変わらず手強い。

ただし俺やアイリアが断れば、この話はなかったことになる。とても簡単な話だ。

しかし多聞院は俺たちが断らないことも見抜いている。たいていの場合、多聞院からのお願いはこちらにも利益が多く、ミラルディアにとっても悪い話ではない。

さらに多聞院は俺に何かを頼むとき、魅力的な追加の見返りを必ず用意している。どこまで引き出せるかは交渉次第だが、良い交渉相手なのは間違いない。

アイリアは俺を見てにこにこしているので、この交渉は俺に一任されたとみていいだろう。

俺は交渉の前にフミノに釘を刺しておく。

「まず大前提として、我々は外交ではなく教育活動の一環として学生たちを派遣する。外交も重要だが、学生たちに同盟国への理解を深めてもらうことが第一だ。貴国にも学生の立場には十分な配慮をしてもらう。それはよろしいか？」

「はい、もちろんです。ミラルディアの人材はワにとっても大事な方々ですから」

微笑むフミノ。あまり本心ではなさそうだが、建前でもいいから同意してもらわないと話が進まない。とりあえずよしとする。

じゃあ今度はもう少し大胆なおねだりをしてみるか。

「実は大魔王陛下も、ワの文化や遺跡に大変関心を持っておられる。大魔王陛下とその弟子たちに『神世の大鳥居』を御覧いただきたいんだが、どうかな？」

俺が笑うと、フミノは頬に手を当てて困った表情をする。

「それは……私の一存ではお答えしかねますが……」

「大魔王陛下はミラルディア大学の学長であり、ミラルディア最高の学者だ。技術交流なら、これ以上の適任者はいないと思うが」

「う、うぅ～ん……いえ、その、仰る通りですね……」

困ってる困ってる。

多聞院は俺が転生者であることを知っている。「神世の大鳥居」は異世界から人間や霊魂を召喚する魔法装置であり、ワの生命線でもあった。あの装置を使い、前世の俺の世界から優れた人材を多数召喚していたのだ。

今は壊れて動かないが世界的にも大変珍しい装置で、師匠も他では見たことがないという。

もちろん多聞院は「神世の大鳥居」を大事にしており、存在そのものを秘密にしている。あの装置を他国に詳しく調べられるのは嫌だろう。

だから俺もなるべく知らん顔をしてきたが、やはりもう少し詳しく調べておきたい。なんせあれは異世界に通じる唯一の扉だ。師匠も実物を見たがっている。

フミノは恐る恐るといった感じで俺に問いかけてきた。

「ヴァイト殿、それは本当に見るだけですか？」

「さすがに持って帰ったりはしないよ。俺は貴国の歴史と文化、それに立場にはいつも敬意を払っているだろう？」

「ええ、はい……」

まだ困っているフミノ。さすがに欲張りすぎたか？

……と思わせたいのだろうが、俺は人間の感情が匂いでわかる。困っているのは確かだが、そんなに本気じゃないな。

じゃあ少し譲歩しよう。

「ついでに風紋砂漠の調査に大魔王陛下も協力していただこう。大陸最強にして最高の頭脳を誇る大魔王陛下にお願いすれば、調査が一気に終わるかもしれない」

師匠には砂漠の怪物や砂嵐は何の脅威でもないからな。空も飛べるし。

フミノはすかさず食いついた。

「それは僥倖《ぎょうこう》です。すぐ多聞院に報告し、段取りを整えましょう」

するとアイリアが俺を見る。

「いいんですか、大魔王陛下に相談もせずにそんな安請け合いをして」

「師匠の説得なら任せといてくれ。それよりも学生たちの意志を聞かないといけないな」

俺はそう言って、改めてフミノに念を押しておく。

「我が国とミラルディア大学は、学生の意志を常に尊重している。だからもしフリーデが嫌だと言ったら諦めてくれよ、フミノ殿？」

「はい、全てはフリーデ殿のお心のままに」

どうやらワに行きたがるかも含めて、すでにフリーデの値踏みは始まっているようだ。

だから俺は苦笑する。

「心配しないでくれ。あいつが行かないはずがないから」

止めたって行くに決まってる。

帰宅したフリーデに相談したところ、反応は予想通りだった。

「行く！　行く行く！　行きたい！　ワの国！」

フリーデが目をギラギラさせて、鼻息荒く詰め寄ってくる。

「ワの国って、お父さんの前世と関係ある国でしょ!?」

「そうだな。転生者が国作りに密接に関わってきたから、お父さんの前世の世界に似ている点が多い」

「凄い！　ねえ、いつ行けるの!?　来月!?」

おお、成長したな。「明日!?」って言わなくなってるぞ。こういうものには時間がかかることを、ロルムンド行きで経験したからかな？

俺は書類の束をトントンと揃えながら苦笑する。

「もう少しかかるかもしれないな。細かい条件を詰めないといけないし、関係各所との相談もある。具体的な計画を立てる前にやることがいっぱいだ」

外交行事だから失敗は許されない。学生たちの安全を守るのも俺たちの責任だ。

予想外のアクシデントがつきものだから、日程にも余裕を持たせて、予備の船便も手配しておかないと……。想像したら嫌になってきた。

「お父さん、どうしたの？」

「裏方仕事は大変なんだよ……」

ああ、現場に出たい。

それはそれとして、気になることがある。

「多聞院はたぶん、お前たちがどれぐらいの人材なのか見極めるつもりだ」

「人材？　私が？」

きょとんとしているフリーデに、俺は笑いかける。

「お父さんはお前の進路にあれこれ口を挟むつもりはないが、周囲は勝手に期待しているんだよ。評議会なり魔王軍なりに入って、ミラルディアの発展に力を尽くしてくれるんじゃないかって」

「そっか……。進路のことも考えてはいるんだけど、まだ決められなくて」

フリーデなりに悩んではいたようだ。だとしたらしばらく悩ませておけばいい。

俺は娘の肩をポンと叩いた。

「心配するな。お前の未来はお前が選べ。周囲の期待なんか気にするな」

「いいの？」

「もちろんだ。『正しい未来』は、お前が選んだものの中にしかないんだから」

他人が選んだ未来で満足できる人もいるだろうが、フリーデはそういう性格じゃない。自分で選ばなければ、いずれ後悔する日が来るだろう。

「それはそれとして、ミラルディア大学の学生が凄いってとこを見せつけてきてくれないか？　面倒かもしれないが、それでみんなが幸せになれるんだ」

「うん、わかった」

あっさりうなずくフリーデ。ワに行けるんだから断る理由もないのだろう。

前々から思っていたことだが、この子は調子に乗ってるときが一番凄い。

いや、子供というのはみんなそうなのかもしれない。あるいは人というものが元々そうなのかもしれない。

「うむうむ」

なんだか人狼になってからの方が、人間に対する理解が深まった気がする。

これも先王陛下や師匠、そしてアイリアやフリーデのおかげかな。

「お父さん、またニヤニヤしてる」

「人生が楽しくてしょうがないんだよ」

「わかる！　人生ってメチャクチャ楽しい！」

ぐっと拳を握りしめるフリーデ。やはりこの子のメンタルは尋常じゃない。我が子ながら頼もしい。

「じゃあ頼むぞ、フリーデ。師匠も途中まで同行するから、何かあれば頼っていいぞ」

「あれ、そうなの？」

「風紋砂漠の調査がやりかけだから、もう少し進めておかないとな。人狼隊が護衛につく予定だ」

フリーデたちの護衛もできるし、一石二鳥だな。

「お父さんは？」

「留守番だ。師匠がいないと一部の魔族が勝手なことを始めかねないからな。見張っておく必要がある」

魔族の中には未だに人間を侮っている連中がいる。特に人狼や人馬のような、強力な魔族に多い。

放っておくと人間と魔族の対立が再燃してしまうので、魔王軍にとっても頭痛の種だ。

そういう連中は力でわからせてやる必要があるので、荒事が得意な魔族が必要だった。

早く後継者が育って、俺を楽にしてくれないかな……。


その日の夜、フリーデが寝た後に珍しい客人が訪れる。

「こんばんは、ヴァイト様」

「珍しいな。ついに贈賄の罪を償う気になったのか？」

俺が塩商人のマオに椅子を勧めると、彼は苦笑しながら腰掛ける。

「贈賄程度で逮捕されていたらリューンハイトの商工会が無人になってしまいますよ。それよりもっと重要な用件です」

この世界の人たちは遵法《じゅんぽう》精神が希薄なので、このやり取りはマオの方が「常識的」だな。困ったもんだ。

俺も苦笑しながら、犬人のメイドが運んできた酒瓶とグラスを受け取る。

「ありがとう、もう休んでくれていいよ。おやすみ」

「はい、旦那様。おやすみなさいませ」

尻尾をぱたぱた振った後、アインドルフ家の新米メイドがぺこりと一礼して退《さ》がる。

俺は琥珀色の液体をグラスに注ぎながら、マオに聞いた。

「重要な用件って何だ？」

「多聞院の腹の底ですよ」

マオはロルムンド産の火酒をちびりと舐め、眼鏡の奥から俺を見つめる。

「多聞院の真意にはお気づきなんでしょう？」

「ああ。……いや待て、どうして例の件を知っている？」

するとマオは涼しい顔をして、さらりと答えた。

「贈賄しましたから」

「お前な」

呆れたことにワの外交官まで買収しているらしい。とんでもない男だ。

どんどん使おう。

「多聞院がミラルディア大学の学生たちを値踏みしたがっているのはわかっている」

「より正確に言えば、フリーデ様の値踏みですけどね。全く嘆かわしいことです」

それ、お前もやってたよな。わざとらしく溜息をつくな。

俺が渋い顔をしていると、マオは薄く笑う。

「他には何かお気づきではありませんか？」

「残念ながらまだ何も調べがついていない。人狼の嗅覚では大したことはわからないし、魔王軍は諜報員が不足しているからな」

するとマオは芝居がかった仕草でふむふむとうなずき、それから単刀直入に切り出す。

「ワがロルムンドとの関係構築に動き出しています。例のジヴァンキ殿からの情報です。こちらで裏付けも取りました」

ジヴァンキというとロルムンドの宝石商だな。マオの重要な資金源のひとつだ。

「まさか風紋砂漠を抜けるルートを開拓したのか？」

ワとロルムンドは風紋砂漠を隔てた隣国だが、ミラルディアと違って航路がない。陸路は危険すぎるとされており、両国はほとんど交流がないはずだ。

マオは首を横に振る。

「風紋砂漠のど真ん中を突っ切るルートが、そうそう開拓できるはずがありません。ですがヴァイト様の見立てでは、いずれ風紋砂漠は消え去るのでしょう？」

「ミラルディア大学の講義まで知っているのか」

「ええまあ」

そこかしこに情報提供者がいるんだな、こいつ。観星衆より忍者っぽい。

マオは情報の出所については何も言わず、言葉を続ける。

「風紋砂漠が消え去れば、ワはミラルディアだけでなくロルムンドとも国境を接することになります。それも未開拓の荒野を隔てて。何も手を打たないはずはありませんよ」

「風紋砂漠が消え去るまで何百年かかるかわからないのに、気の早い話だな」

俺はそう言ってみせたが、取りかかるなら早い方がいいよな。多聞院も抜け目がない。

マオの情報に誤りがあったことはほとんどないが、確認は必要になりそうだ。明日から動こう。

「で、それを俺に教えてどうするつもりだ」

「愛国的なミラルディア人として、我が国の発展を願っているだけですよ」

澄んだ目で嘘をつくな。人狼が人間の嘘を嗅ぎ分けることぐらい知ってるだろ。

「まあそれは嘘ですが、ワとロルムンドの間で交易が始まってもミラルディア商人は儲からないんですよ。むしろワとロルムンドが戦争をしてくれた方が儲かります」

「お前な」

やっぱりそろそろ逮捕した方がいいんだろうか。

だがこの言葉も本心ではないな。

こいつは平気で賄賂をばらまく悪徳商人だが、誰かが不幸になるような商機を喜ばない。だからリューンハイト商工会の顔役が務まっている。

「おい嘘つき悪徳商人、たまには本当のことを言えよ」

「じゃあ本当のことを言いましょう。あなたが好きなんですよ」

そう答えたマオは真顔だった。

嘘だろ。いや嘘の匂いがしない。嘘だろ。

だがすぐにマオはくすくす笑い出す。

「ヴァイト様のそんなに驚いた顔、たぶん初めて見ましたよ。私がヴァイト様のことを信頼しているのが、そんなにおかしいですか？」

「いや……」

そういえばミラルディア語の「好き」は日本語とは少し違うな。信頼している相手にも使う。

マオは再び真顔になり、グラスをそっと揺らす。

「私は若い頃、知らずに悪事の片棒を担がされました。その後もずっと、汚い手を使って生き延びてきた。そうするしかなかったからです。ただそれを言い訳にもしてきました」

「言い訳じゃない。お前が奇麗な生き方をしていたら、今ここにはいないはずだ」

「ありがとうございます。ですがあなたのように清廉に生き続けている方を見ていると、そんな生き方もできるのかと気づかされるんですよ」

人狼の力と魔術師の技、それに魔王軍の武力。これだけあれば何でもできる。おまけに前世の知識まであるんだ。孤立無援で生き抜いてきたマオとは人生の難易度が違う。

俺は心の中でそれを申し訳なく思いながらも、どう言うべきか迷う。

マオは言葉を続けた。

「この世に誰か一人ぐらい、本当に清廉な存在がいてほしいんです。そんな人が一人でもいてくれたら、世の中も捨てたもんじゃないと思えますから」

「俺は清廉じゃないな。後ろ暗いことを山ほどしてきた」

エレオラを皇帝にするためにアシュレイを蹴落としたし、ロルムンド輝陽教が教典を「発見」と偽って捏造《ねつぞう》しているのを黙認した。クウォール王を殺した傭兵隊長ザカルを陥れて死なせたし、他にも山ほど悪いことをしてきている。死ねば地獄行きだろう。

　だがマオは笑う。

「普通の人なら手柄として誇るところを、変な負い目を持って悩んでるでしょう？　清廉でなくて何だというんですか」

「そういうものかな……」

　この世界の人々の善悪の基準は、俺とはだいぶ違う。

　マオは火酒をクッとあおると、静かなまなざしで俺に告げる。

「今後はロルムンドとワの動きにも御注意ください。多聞院はロルムンドの帝国成立以前、共和制の頃から密偵を送っていたようです。風紋砂漠を越えられるごく少数の強者たちを送り込んできました」

「本当だったら歴史学者が大騒ぎするぞ。証拠はあるのか？」

　するとマオは即答した。

「ロルムンドの伝統的な剣術流派・サシマエル流。それと宮廷作法のマイエハラ流。それぞれワの差前流具足術と前原流茶術に酷似しています」

　マオの話によると、差前流は示現流によく似た戦場剣術らしい。

　サシマエル流も一撃必殺の剣術なので共通点がある。ウォーロイに仕える老剣聖バルナークがサシマエル流の達人で、飛ぶような素早い踏み込みで必殺の一撃を放ってくる。なるほど、道理で強い訳だ。

マイエハラ流の心得も、そういえば前世の茶道の教えに似ているところがあるな。もてなしの精神は異世界でも同じなんだなと思っていたが、そもそも同じものだったのか。

ロルムンドでサシマエル流やマイエハラ流が知られるようになったのは三百年ほど前だから、江戸時代初期の転生者が伝えたとすればつじつまが合う。

「それが本当だとすれば、ワは三百年もの間、ロルムンドを監視していたのか」

「私も取引先から聞いただけですけどね。歴史には疎《うと》いもので真偽はわかりませんが、少なくともワの方にそういう記録があるそうです」

多聞院は千年前の最初の異世界人・アソンの志を受け継ぐ組織だ。そしてアソンはおそらく「朝臣」、つまり平安時代の貴族の誰かだろう。その後も日本からの転移者や転生者が多聞院を主導してきた。

……何となくだけど、そういうこともやってそうな印象があるな。

マオは俺をじっと見ている。

「いかがですか？」

「とても有益な情報だ。本来ならミラルディアの国益を考え、ワとロルムンドの関係を破壊する方向で動くべきだが……」

もちろんそんなことはしない。

「ワの想定以上に早く動き、ワをこちらに振り向かせよう。ロルムンドとの交渉でもミラルディアを頼ろうと思わせるんだ」

俺は外交の素人だから、プロっぽい謀略に手を出すと失敗するだろう。だから安全策で行く。どう転んでも悲劇が起きないように。

「そんなに都合良くいきますか？」

マオは呆れ顔だが、目が笑っている。

俺は筆記用具を準備しながら笑い返した。

「わからないからこれから考えるんだ。さあもう帰れ帰れ」

「せっかくお役に立とうと思って来たのに、いきなり追い返さないでくださいよ」

文句を言いながらもマオは笑顔で立ち上がる。

「ヴァイト様、期待していますよ？」

あんまり期待されるとしんどいんだけどな。

しかしそうなると、これは俺もワに行かないといけないぞ……。

＊　＊

父親がいろいろ心配している中、フリーデはいつも通りの日常を送っていた。

フリーデは頭を抱えながら、手紙の下書きをクシャクシャと丸める。

「これじゃうまく伝わらないよ」

「どうしたんですか？」

輝陽教見習い神官のユヒテが首を傾げると、フリーデはペンを片手に困った顔をしてみせる。

「ミーチャに『ミラルディアの政治の仕組みを詳しく教えて』って頼まれたんだけど、うまく説明できないの」

ミーチャといえばロルムンド帝国の皇女だ。現皇帝エレオラの姪であり、次期皇帝として期待されている。

ユヒテはふふっと笑った。

「ミーチャ殿下、政治や社会にまつわる話題がお好きですからね」

「ユヒテならなんて説明する？」

「殿下はフリーデの言葉を聞きたいんでしょう？」

「まあそうなんだけど」

ミーチャからの手紙には「自国の政治体制ぐらい、外国人にわかりやすく説明できないとダメよ！」と念を押してあった。これはミーチャからの宿題だと言えそうだ。

「政治とか興味ないのに……」

「お母様が魔王陛下で、お父様が魔王の副官なのに？」

「お母さんはお母さんだし、お父さんはお父さんだし、私は私だし」

胸を張るフリーデ。親がどれだけ偉かろうが関係ない。

しかしユヒテはニコニコ笑いながら、しっかり釘を刺してきた。

「でもこれ、だいぶ前に学校で習ったわよね？」

「うっ!?」

言われてみれば、確かに習った内容だ。

フリーデは冷や汗を流しながら、懸命に記憶を掘り起こす。

「えーと……あ！　あれだ！　三権分立！」

「ええ。権力が集中すれば腐敗するって、あなたのお父様が強く訴えたそうよ」

うっすらとした記憶だが、この講義では父が特別講師として呼ばれていた気がする。

「あー、だんだん思い出してきた。えーと、三権って、立法権と司法権と行政権だっけ？」

「そうそう。ほら、ちゃんと覚えてるじゃない」

ユヒテに褒められてちょっと嬉しいフリーデ。調子が出てきたのか、どんどん記憶が蘇っていく。

「えへへ。立法権は評議会だよね。行政権は各都市の太守が持ってて……司法権は？」

「魔王軍ですよ」

「そうだっけ？」

あんまり印象にない。

「後でノート調べておこう……」

「ミーチャ殿下のおかげで勉強がはかどりますね」

「あの子と文通してると、なんか通信教育を受けてる気分になるんだよね」

「通信教育？」

ユヒテが首を傾げる。

「遠くにいる先生と、手紙でやり取りして教えてもらう勉強法だよ」

「時間とお金がかかりそうですねえ……」

「そうだね」

父の前世では、手紙が迅速かつ安価にやり取りできたと聞く。

「ねえユヒテ、これ書いたら添削してくれる？」

「それぐらいなら喜んで」


そんな日々を過ごして一月ほどが経ち、ようやくワへの渡航が正式決定した。

フリーデは魔都リューンハイトを発ってワに向かう。輝陽教見習い神官のユヒテと、竜人族のシリンも一緒だ。

そして今回はロルムンド人狼の少年、ヨシュアも同行していた。

「なんで君がここにいるんだ」

シリンが苦々しい声を発する。彼は竜人にしては珍しく、人間にもわかるぐらい感情が豊かだ。

そういうところは父、魔王軍の名将バルツェ譲りだった。

ヨシュアが面倒くさそうに応じる。

「俺もミラルディア大学の学生だろ？　何が不満なんだよ」

「こないだ士官科に入学したばかりじゃないか。まだ基礎的なことも学んでいないのに、ワに行ってどうするんだ」

「知らねえよ、そんなこと。ヴァイト教官に行けって言われたから行くだけだし」

フリーデには理由が全くわからないのだが、ヨシュアとシリンはなぜか仲が悪い。

ヴァイトの指示とあってはシリンも何も言えないので、彼はがっくりとうなだれた。

「ヨシュアはロルムンド人狼なのに、おじ上は何を考えておられるんだろう……」

こんなに悲しそうなシリンを見ることは滅多にないので、フリーデはなんだかかわいそうになってくる。慌てて会話に参加した。

「ロルムンド人狼だから、じゃないかなあ」

「どういうこと？」

うなだれていたシリンが少し元気になり、フリーデをじっと見つめてくる。

フリーデは道中考えていたことを説明した。

「ほら、ロルムンドに行ったときも技術交流より外交的な意味が大きかったんでしょ？」

ユヒテが穏やかにうなずく。

「そうですね。やったことと言えば、研究者や学生の親善程度でしたし」

「てことは、今度のワに行くやつも、外交的な意味が大きいよね」

ヨシュアとシリンが顔を見合わせる。

「まあ……」

「そうだろうね」

みんなの同意が得られたので、フリーデは力強く言い放った。

「つまり、ヨシュアも一緒に行くのはなんか外交的な意味があるんだと思う！」

「なんかって？」

ヨシュアが頭を掻きながら尋ねると、ユヒテが代わりに答えた。

「あなたが行けば、ワの多聞院の方々はどう感じるでしょうか？」

「んー？　わかんないな。俺、あんまり頭が良くないんだ」

「僕も人間の考えることはよくわからないけど、君が行けば多聞院はミラルディアの外交力を再認識するんじゃないかな」

シリンがそう言う。

フリーデもなんとなくそんな気がしていたので、うんうんとうなずいた。

「凄いよね、ロルムンドからわざわざ勉強に来る人がいるなんて！　それにほら、ヨシュアはロルムンド人狼の長老、ボルカさんの縁者だもん。ボルカさんは皇帝陛下の側近でしょ？」

「まあそうだな。あんまりお偉いさんって感じしないけど」

ヨシュアがうなずいたので、フリーデは笑う。

「でもやっぱり、ヨシュアが行けば多聞院の人たちもいろいろ考えると思うよ。それにヨシュアは自分の意志でミラルディアに来たんだよね？」

「まあね。ボルカ婆ちゃんも勧めてくれたけど、決めたのは俺だよ」

ちょっと誇らしげにヨシュアが胸を張る。

フリーデはうんうんとうなずいた。

「それだけミラルディアを気に入ってくれたんだよね？」

「いや、俺はヴァイトさんに憧れただけで……」

「ミラルディアも気に入ったでしょ？」

「いやまあ……うん」

ヨシュアが頭を掻く。顔が少し赤い。

フリーデはそれに気づいていない様子で、ヨシュアの肩をポンポンと叩いた。

「じゃあやっぱり、ミラルディアは良い国なんだよ。多聞院の人たちもそう思ってくれるといいね」

「お、おう……まあな」

そわそわと落ち着かない様子のヨシュアは、不意に声を張り上げる。

「あっ、こら！　さぼってないで仕事しなきゃダメだろ!?」

彼が叫んだ相手は、港で荷物の積み込みをしている水夫たちだ。人間ではなく全員が犬人だった。

彼らは尻尾をパタパタ振りながら、木箱の匂いを嗅いでいる。

「いい匂いがする！」

「ねえこれ食べ物？」

「いい匂い！」

「おいしそう！」

まるで働く気がない犬人たちに、ヨシュアはつかつかと歩み寄っていく。

「お前ら、早くそいつを船に積み込め！」

しかし犬人の水夫たちは気にする様子もない。

「まだ出航じゃないよ」

「ねえねえ、これ食べ物でしょ？」

「おいしいの？」

ヨシュアがイライラして叫ぶ。

「だーかーらー！　仕事しろってんだよ、お前ら！」

それを見ていたシリンが溜息をつく。

「彼はまだ他の魔族に慣れてないみたいだ。ちょっと行ってくる」

シリンは竜人の尻尾を揺らしながら、犬人たちに歩み寄る。

「ヨシュア、僕に任せてくれ」

「お前にできるのかよ？」

「これでも僕は魔王軍の士官候補生だよ。魔族の扱いには慣れている」

自信たっぷりに言うと、シリンは犬人に丁寧に語りかける。

「とりあえず荷物を船に積んでくれませんか？」

「んー？　でもまだ出航じゃないからね」

のんきに笑っている犬人に、シリンはまた溜息をつく。

「出航直前になってからじゃ困るだろう？　お願いだから、こちらの指示に従ってください」

あくまでも丁寧な物腰。

しかし犬人たちはのんきそのものだ。

「まあまあ、船のことはボクたち船乗りに任せときなって」

「それよりこれ食べ物？」

「いい匂いだよね！」

まるでこちらの話を聞いていない。

さすがのシリンも少し困った様子で、ちらりとフリーデたちを振り返った。

ユヒテがくすくす笑う。

「困ってるみたいですね。フリーデ、手伝ってあげたら？」

「私が？」

「犬人には慣れてるでしょう？」

アインドルフ家にも犬人の侍女がいるし、フリーデは魔王軍の犬人兵士たちとも仲良しだ。確かに犬人には慣れているが、犬人といってもいろいろいる。そこは人間も人狼も変わらない。

とはいえ、友人たちの苦境を放ってもおけない。

「うん、まあ……ちょっと行ってくるね」

フリーデはヨシュアたちのもとに駆け寄ると、犬人たちに声をかけた。

「こんにちは！」

「こんにちはー！」

手を挙げて尻尾をぱたぱた振る犬人たち。ヨシュアとシリンは渋い顔をしているが、犬人たちは特に気にしていないようだ。

（犬人の人たちって、みんな図太いもんね……）

細かいことは気にしない性格をしているので、犬人たちはストレス耐性が高い。さらにリーダーには絶対服従し、食料もあまりいらないので、水夫として引っ張りだこだと聞いている。人間用の寝床に三人ぐらいまとめて寝られるのもありがたいらしい。

リーダーには絶対服従する犬人たちだが、フリーデは彼らのリーダーではない。

だからフリーデは腰を屈め、あくまでも穏やかに接する。

「この箱の中身、何だと思う？」

笑顔で問いかけると、犬人たちはますます激しく尻尾を振った。

「食べ物！」

「甘いおやつでしょ！」

「おいしいヤツ！」

予想通りの反応に、フリーデはフフッと笑う。

「半分正解。中身は壺に入ったお砂糖だよ。クウォール産のとっても高いヤツ」

「やったー！」

別にもらえる訳でもないのに、犬人たちは喜んでいる。

しかし犬人たちがふと首を傾げる。

「でも砂糖だけ？」

「果物みたいな匂いもするんだけど」

これも予想通りなので、フリーデはまたフフッと笑う。

「そっちも正解。もうひとつ、瓶に入った香水もあるの。ロルムンド産のとっても高いヤツ」

「すごーい！」

また喜ぶ犬人たち。

フリーデは犬人たちを見回し、こう説得した。

「だから盗まれたり壊れたりしないうちに、船に積み込んでほしいの。どうかな？」

「なるほどねー」

犬人たちがふんふんとうなずき、それからリーダーらしい一人が口を開く。

「でもね、評議会関係の航海って急な変更が多いからね。慌てて積み込んでも、出航が延期になってまた下ろすことになったりするんだよー」

「あ、なるほど」

フリーデは納得する。

犬人たちは積荷に寄りかかりながら口々に言う。

「一番危ないのは積荷の上げ下ろしだからね。落っことすこともたまにあるから」

「そうそう。それに箱の中身がわからないと、どこにどう積むかも決められないんだよ」

「港のクレーンを借りないとダメだったりするからね。あれ賃料高いから船長さんが渋るけど」

「積むまではこうしてボクたちが張り付いてるから、盗まれる心配はないよ」

積荷に壊れやすいものは入っていないか、濡れても大丈夫なのか。船にはネズミや虫が発生することもあるので、食品の扱いには特に注意が必要なのだと、犬人たちは親切に教えてくれる。

フリーデは感心してうなずいた。

「そうなんだね！　ありがとう、水夫さんたち！」

「いえいえ」

すっかり打ち解けたムードになるが、ヨシュアとシリンはぶつくさ言っていた。

「だったら最初からそう言えってんだ」

「犬人はあれだから竜人の士官と組ませないとダメなんだよ」

「そうなのか？」

「士官には冷静さも必要だからね。この船の航海士や技師にも竜人がいるよ」

普段は仲が悪いヨシュアとシリンだが、犬人という共通の厄介事によって少し打ち解けたらしい。

それを見たフリーデはにっこり笑う。

「よかった、みんな仲良くなったね」

「ええ、そうですね」

ユヒテがにこにこ笑ったとき、港湾管理組合の建物からヴァイトたちが出てくる。

「おーい、出港が決まったぞ！　すぐ荷物を積み込んでくれ！」

「はーい！」

犬人たちとフリーデが一斉に手を挙げて返事をした。

やがて船はロッツォの港から出港し、左舷に陸を眺めながら南静海を東へと滑り出す。

「お父さんたちは最初の寄港地で降りて、風紋砂漠の調査に向かう」

「うん！」

父親と一緒だと安心するが、保護者同伴だと息苦しいのも事実だ。せっかく異国に行くのだから、友達だけでのびのびやりたい気分もある。

そんなフリーデの心情を察したのか、ヴァイトが苦笑する。

「あまりハメを外すなよ？」

「ロルムンドのときと同じぐらい気をつけるから大丈夫だよ」

「それは大丈夫なのかな……」

わざとらしく溜息をついてみせるヴァイト。

「ま、今さらあれこれ言う歳でもないか。お前の判断を尊重する」

「ありがとう、お父さん！」

フリーデが笑うと、ヴァイトは真面目な顔をしてこう言った。

「ただしその結果については、半分ぐらい責任を負ってもらう」

「半分なの？」

「半人前のお前に全ての責任を負わせる訳にもいかんだろう。責任の残り半分はお父さんが負う。早く一人前になってくれ」

苦笑する父に、フリーデは安心感と一抹の寂しさを覚える。

（これでもまだ半分なのかあ……）

自分ではかなり一人前になってきた実感があっただけに、ちょっと残念だ。どうやら一人前になるというのは、並大抵のことではないらしい。

「じゃあ早く一人前になるね」

「ああ。でも焦らなくていいからな」

「どっちなの？」

混乱するフリーデだった。

＊　＊

「観星衆の星」


その頃、フミノは直属の上司であるトキタカのもとに報告に訪れていた。トキタカは観星衆の長であり、多聞院の最高幹部「評定衆」の一員でもある。

「お久しぶりです、トキタカ様」

「遠路御苦労であった。茶菓子でもどうかな？」

「今日は何ですか、トキタカ様」

「老舗から暖簾分けしてできた、水明庵のみたらし団子だ」

観星衆の忍びたちの間では、トキタカの茶菓子選びは決して外さないことで有名だ。

「これは……焦げ目が香ばしいですね」

「であろう？」

みたらし団子を賞味しつつ、フミノは淀みなく報告を始める。

「フリーデ殿たちの一行は予定通り、明日には港町ナギエに到着する手はずとなっております。大魔王ゴモヴィロア陛下とヴァイト殿、それに人狼隊は風紋砂漠の調査のために途中で下船されました」

トキタカが心なしかホッとしたような表情を浮かべる。

「ヴァイト殿とは久しぶりに再会したかったが、今回同席されぬのはかえってありがたい。フリーデ殿がいかほどの器か、しかと確かめさせてもらおう」

そんな言葉に、フミノはふと微笑みを浮かべる。

「ご心配には及びませんよ。フリーデ殿は未来のミラルディアを背負って立つ器にございますので」

「おぬしがそのように言うのは珍しいな。それだけおぬしの心をつかんでいるということか」

「そうかもしれません。フリーデ殿を見ていると、何か大きなことをしてくれそうで胸が躍るのです。ヴァイト殿によく似ております」

「なるほど。それは楽しみだ」

トキタカは微かに目を細める。

「ではフミノ、おぬしを今回の任より外す」

「それは……!?　なぜでございますか？」

みたらし団子を持ったまま硬直しているフミノに、トキタカが穏やかに言う。

「案ずるな、おぬしの働きぶりに不満がある訳ではない。ただ少しばかり、私も確認しておきたいことがある」

そう言ってから、トキタカは物陰に声をかけた。

「出てきなさい」

「はい、父上」

暗闇からスッと現れたのは、忍び装束の少女だった。落ち着いた表情のせいで大人びているが、フリーデより少し年上といった程度だ。

「イオリちゃ……イオリ殿？」

フミノは驚く。イオリはトキタカの養女であり、観星衆の見習い忍者だった。

ただし、あくまでも見習いである。まだ単独任務を任されるほどではない。

イオリはフミノに恭しく頭を下げる。

「御無沙汰しております、フミノ殿。先日成人の儀を滞りなく終え、観星衆の正式な一員となりました」

「それはおめでとうございます……」

どうせなら、もう少しめでたい雰囲気の中で祝いたかった。そう思うフミノだった。

トキタカはフミノに言う。

「フリーデ殿の案内役はイオリに任せる。フミノは風紋砂漠に赴き、ヴァイト殿の補佐と監視を頼む。これはおぬしにしか頼めぬことだ」

「承知いたしました」

イオリはトキタカに一礼した後、フミノにもう一度会釈する。

「では行って参ります」

「気をつけてくださいね、イオリ殿。相手はミラルディアの方々です。私たちとは異なる考えを持っていますので」

「はい、留意します」

そっけなくうなずいて、イオリは闇の中に姿を消す。見習いといっても諜報機関「観星衆」の一員、その隠密の技は見事なものだ。

イオリが去った後、フミノはみたらし団子を頬張りながら上司に問う。

「本当によろしいのですか、トキタカ様？」

「後継者の育成は何もヴァイト殿だけが抱えている課題ではない。私にもイオリたちを後継者として育てる責がある」

トキタカは腕組みしたまま、静かに溜息をついた。

観星衆の長であるミホシ家当主トキタカは子に恵まれず、様々な事情を抱えた子供たちを引き取って育てている。イオリもその一人だった。

「ところでフリーデ殿の噂は聞いている。ロルムンドでは大変な活躍をしたそうだな」

「もうご存じでしたか」

「皇女誘拐事件ほどの騒ぎになれば、さすがにな」

　観星衆はロルムンドにも信頼できる情報網を持っている。遠い昔にロルムンドに渡った「草」の末裔らしい。

　フミノは観星衆の幹部だが、ミラルディアの担当なので詳細は知らされていない。情報提供者たちを守るためだ。

「フリーデ殿はミーチャ皇女と非常に親しくなったようだ。人を惹きつける才があるのは間違いない」

「ヴァイト殿の御息女ですから」

　フミノが苦笑し、トキタカもうなずいた。

「そうだな。ではイオリのような者とも心が通じ合えるだろうか？」

「それは……どうでしょうね」

　イオリの生い立ちを知るフミノは言葉を濁す。

　トキタカはイオリが去った闇をじっと見つめながら、こう続けた。

「だがそれができぬようでは、あの国を治めることは難しかろう」

＊　＊

「やっと着いたー！」

フリーデはナギエという港町に降り立ち、きょろきょろとあちこちを見回していた。

「なんかすごい！」

「木造建築が多いね。森林資源が豊かだとは聞いてるけど、窓に紙を貼ってるのは大丈夫なのかな」

目をキラキラさせているフリーデとは対照的に、シリンは冷静な口ぶりだ。

しかしそんなシリンも尻尾がふりふり動いており、興奮は隠しきれない。なにせ彼は熱狂的なワ風ファンだ。

「ああ、そうか！　建築物が劣化することを受け入れた上で、こまめなメンテナンスで維持しているのかな。だとすれば窓が紙製なのも納得だね。草から作った紙なら、ガラスより安価で調達しやすい」

早口で独り言をつぶやきながら、どんどん歩いていくシリン。波止場から離れて商店街に入っていこうとする。

「シリン、波止場で待つように言われているでしょう？　案内役の人が困りますよ」

ユヒテが声をかけたが、その脇を追い抜いてヨシュアが駆けていく。

「おい待てシリン！　勝手な行動は慎めってお前が言ってただろ!?　しっかりしろ」

「いや、僕は冷静だよ。ちゃんと……あれ？」

シリンは振り返り、自分が一行からずいぶん離れてしまっていることに気づいたようだ。

「これはいったい？」

「だからしっかりしろって言ってんだろうが」

ヨシュアがシリンの腕を取って、ぐいぐい引き戻していく。

「待ってくれ、あっちの土蔵をもう少し見たいんだ。木造建築が苦手とする耐火性を、土壁でどんな風に工夫して……」

「後にしろ」

「できれば土壁を少し削ってみたい」

「できねえよ捕まるぞ」

尻尾をひきずられながらシリンが戻ってきた。

「おかえり、シリン」

フリーデは苦笑するしかなかったが、シリンの興奮はよくわかる。フリーデだって大興奮だ。

そんな少年少女たちを、ワの役人たちが少し持て余しぎみに見つめている。

「皆さん、くれぐれも勝手な行動は慎んでください」

「左様、何かあれば我々の責になりますゆえ……」

「ときにフミノ様はまだか？」

彼らは多聞院の下級職員やナギエの港湾管理官などだが、あくまでも連絡役に過ぎない。

ユヒテが不安そうに周囲を見回す。

「フミノさん、まだ来ておられないようですね」

「あれ、珍しいね？」

フリーデは首を傾げる。才媛と名高いフミノが、こんな大事な場面で遅刻するとは考えにくい。何かのトラブルが起きたとしか思えなかった。

どうしたんだろうと思ったとき、不意にヨシュアが鋭い警告を発する。

「『竜の息吹』だ！」

魔王軍が開発したとされる秘薬、黒色火薬のことだ。ヨシュアは人狼の嗅覚でそれを嗅ぎ取ったらしい。

一瞬遅れてフリーデも火薬の匂いを感じる。半人狼のフリーデは人狼ほど鼻が利かない。

「フリーデ、俺の後ろに隠れてろ！」

ヨシュアが人狼に変身する。上等な礼服が吹き飛ぶが気にする様子はない。

その様子にシリンたちが慌てる。

「待てよヨシュア、それは本当か!?」

「間違いない、早く刀を抜けよ！　くそっ、待ち伏せされてたんだ！」

しかしフリーデは警戒せず、のんびりと声をかける。

「あ、大丈夫だから！　ヨシュアは心配性なの！」

すると風上側から一人の少女が姿を見せた。

一見すると普通の町娘だが、木や藁で作ったワ風のサンダルではなく、革ブーツを履いている。

フリーデは「履き物を見れば相手の素性がわかりやすい」と父から教わっていた。

ヨシュアとシリンが警戒する中、その少女はそっけなく言う。

「観星衆のイオリです。フミノ殿に代わって案内役をするよう、長から命じられています」

「フミノさんは？」

「部外者にはお答えできません」

ぶっきらぼうな返答にヨシュアが色をなす。

「火薬の匂いをぷんぷんさせておいて、何なんだよその態度は！」

「火薬の匂い？　ああ、これですか」

イオリは腰の巾着の紐を締める。

「船旅で湿気《しけ》ってしまったので、広げて乾かしていただけですよ。火薬を使うときは武器や容器に密閉しますから、匂いが強いのなら使わないことぐらいわかるでしょう？」

「なんだと!?」

牙を剝いて唸るヨシュアに、フリーデがあっさりと言う。

「ねえヨシュア、イオリさんの言う通りだよ。私もそう思ったから警戒しなかったし」

「えっ!?」

驚くヨシュアにフリーデはなるべく優しく笑いかける。

「だから変身解いて、ね？」

「いやでも」

「初めて会う人と喧嘩するのはもったいないよ？」

「もったいない……？」

ヨシュアはしばらく困っていたが、やがて変身を解く。上半身裸のまま、彼は頭を掻いた。

「お前の言うことはよくわかんねーな……」

フリーデはイオリに向き直ると、改めて笑顔を見せた。

「はじめまして、イオリさん。私はフリーデ・アインドルフだよ」

「知ってます。今宵の宿に御案内しますので、ついてきてください」

スタスタと歩き出すイオリ。振り返りもしない。

「なんだあれ」

ヨシュアが上着を羽織りながらつぶやくと、シリンが溜息をつく。

「わかる訳ないだろ」

＊　　＊

「イオリの記」

（あれが英雄「黒狼卿」の娘？）

イオリはつかつかと歩きながら、心の中で怒りにも似た感情を抱えていた。

てっきり隣にいる少女の方がフリーデ・アインドルフなのかと思った。今も背後から会話が聞こえてくるが、あのユヒテとかいう少女の方が知識は豊富そうだ。

（知識も貧弱なら、武も練れていない）

さすがにフリーデも多少の心得はあるようだ。重心の運びと立ち方から、組み討ちを主体とする格闘術の使い手らしい。

しかし武術の腕前という点では、竜人の少年（？）と人狼の少年の方が上だろう。二人ともかなり鍛えている。イオリと同年代だが、おそらく技量は互角。相当な手練れだ。

つまりあの四人の中で、フリーデはどれを取っても一番ではない。

（情けない……。どうしてあんな子が？）

我ながら愚かな問いだ。

血筋に決まっている。

黒狼卿ヴァイトの娘だから、今ここにいるのだ。それ以外の理由なんかない。

（結局、あの子も親が偉いだけか）

イオリは唇を噛む。

背後からフリーデの会話が聞こえてくる。

「今日の宿ってどんなとこかな？」

「格闘術の道場らしいですよ。警備もしっかりしているし、それに道場主は人狼隊をお世話してくださった方なんですって」

「格闘術じゃなくて『小具足術』。ワの伝統武術だよ。戦場での組み討ち技が源流になっていて、とても実戦的で洗練されているんだ。ああ、僕も人間と同じ骨格だったら習うんだけどなあ」

「人狼隊でウォッド教官が教えてくれたヤツだろ？　なんか小難しいんだよなあ」

四人の会話を余さず聞き取るのも、イオリは自分の使命だと考えていた。そうでなければ養父がわざわざ自分を指名するはずがない。

（フミノ殿に負けないことを証明しないと……。使えないヤツだと思われたら、見捨てられるかもしれない）

養父トキタカは柔和で慈悲深い人物だが、イオリはどうしても信じ切れない。

いや、そもそも「親」というもの自体が信用できなかった。

（信用できるのは自分だけ。あんなお友達ごっこには付き合いきれない）

背後から聞こえてくる会話に嫌悪感を抱きながら、それでもイオリは熱心に聞き耳を立てていた。

＊　＊

長い石畳の坂を登った先にあったのは、立派な門構えの堂々とした屋敷だった。

――『セイガ流小具足術道場』

重厚な一枚板の看板には、勢いのある筆致でそう書かれていた。

「ほえー……」

門の中からは勇ましい掛け声が聞こえてくる。

「えいやぁっ！」

「手の内を締めろ！」

「たーっ！」

「約束稽古だからといって、自分から投げられてやる必要はないぞ！」

「はい、師範代！」

ぼんやりとそれを聞くフリーデ。

（なんか大変そう）

フリーデも格闘術の訓練は受けてきたが、ヴァイトの指導は楽しみながら学べる感じだったので雰囲気がだいぶ違う。

門前には竹箒で掃除をしている老人がいた。質素な身なりの老人に、フリーデはワの言葉で丁寧に話しかける。

「えーと、あの、失礼します。フリーデ・アインドルフと申します。あの、今夜こちらでお世話になるお約束をしていた者なんですけど……」

すると老人は一瞬だけイオリの方を見て、それからフリーデに視線を戻してにっこり笑う。

「お待ちしておりましたぞ、フリーデ殿。さあさあ、皆さんお入りなさい」

老人が門をくぐると、どこかで見ていたかのように稽古着姿の男たちが駆けてくる。

彼らに竹箒を預けた老人は、代わりに上着を受け取った。

（あれ？）

てっきり使用人だと思っていたが、老人に対する門弟たちの態度が妙に恭しい。

（これはもしかして、騎士物語とかによくある……）

そう思ったとき、門弟の一人が声を発した。

「先生、掃除ぐらいは私たちがやりますので」

「馬鹿を申すな、雑用はわしがやる。未熟者は稽古に専念しておれ」

そう言った後、老人はふと気がついたかのようにフリーデに向き直った。

「いかん、名乗り忘れておった。わしが当道場の主、セイガと申す」

（やっぱりかー！）

背後でシリンたちが驚いていたが、フリーデはワクワクして頭を下げる。物語の一場面のようだったからだ。

「セイガ殿、よろしくお願いします！」

「うむうむ、ははは」

一行は広大な屋敷の奥の間に通された。

「ここにはミラルディア語のわかる者も大勢おるし、わしも多少はわかるので不自由はなさらぬと思う。まずは旅の疲れを取ることですな」

ニコニコ笑っているセイガに、フリーデは礼を言う。

「ありがとうございます。こんな立派なお屋敷に泊めていただけるなんて、すごく嬉しいです」

「ここも以前は粗末な道場だったのだが、ヴァイト殿に手ほどきをしたせいか多少有名になりましてな。次第に門下生が増えて御覧の通りです」

ヴァイトの武名は、ヌエ退治などのおかげでワにも轟いていた。彼とその部下たちに小具足術を伝授したセイガは一躍有名人になってしまったらしい。

噂が一人歩きするのを喜ばなかったセイガだが、かといって入門志願者を追い返すこともできなかったという。

「もとより武芸以外に才なきこの身、教えを請われれば教えるだけのこと。小具足術は相手を不用意に傷つけぬ武術ゆえ、これが広まれば多少は争い事も減るかと思った次第にござる」

するとヨシュアが急に口を開く。

「俺、小具足術じゃなくて具足術を習いたいんです！　教えてもらえませんか!?」

しかしセイガは首を横に振る。

「具足術は合戦場で使う技ゆえ、伝授にも相応の危険を伴う。また迂闊な使い方をすれば簡単に人を殺めてしまう。一見《いちげん》の者には教えられぬ」

「そんなに危険なんですか？」

「ははは、殺すための技が安全なはずはあるまいて」

愉快そうに笑ったセイガだが、次の瞬間真顔になる。

「技の伝授はできぬが、遠方よりの客人の頼みを無下《むげ》にもできぬな。少しばかりお見せしよう。好きな技でかかってきなさい」

「いいの？　俺、人狼ですよ？」

「変身せねば問題ない。ささ、参られよ。それと決して手加減せぬようにな。動きに淀みが生じると逆に危ない」

セイガは座ったまま笑う。

ヨシュアは頭をポリポリ掻きながら立ち上がった。

「んじゃ行きますよ。うりゃあっ！」

座っているセイガの肩を狙い、ローキックを放つヨシュア。

「あっ!?」

声を発したのはフリーデだ。ヨシュアは声もなくひっくり返され、座布団の上に転がされていた。

「え……？」

セイガは膝立ちになっており、ヨシュアの足首を片手でつかんでいた。

「蹴り技は軸足が弱点となる。低い姿勢の相手には軸足を取られぬようにな。さもないとこうなる」

「うがぎぎぎ!?」

セイガはヨシュアの手首を踏み、足首を軽く持っているだけだが、ヨシュアは逃げることができないらしい。じたばたして悲鳴をあげている。

　フリーデは思わず叫んでいた。

「セイガさん、すごい！」

「かっ、感心してないで止めてくれ！　痛え！」

　セイガは手を離すと、ヨシュアを助け起こしてこう言った。

「実戦であれば、ヨシュア殿は足首をくじいた上に後頭部を強打して朦朧《もうろう》となる。そしてわしの片手は空いておるので、鎧徹《どお》しの小刀で首を掻く。並の武者であれば何が起きたか気づく暇もあるまい」

「こ、怖い……」

「さよう。大変に恐ろしい」

　セイガはヨシュアの足首に異常がないか入念に確かめ、それから彼に微笑む。

「具足術を修めたければ、ウォッド殿に正式に弟子入りされるがよかろう。生兵法《なまびょうほう》は大ケガの元、良い師について時間をかけて学ばれるが良い」

「そうします……」

　すっかりおとなしくなったヨシュアを見て、クスクス笑うフリーデだった。

＊　　　＊

「イオリの記」

その日の夕暮れ。警備のための巡回をしていたイオリは、無人になった道場でフリーデを見つけた。

フリーデは道場の壁に掛かった門下生たちの名札をじっと見つめている。

立場上、イオリはフリーデに声をかけた。

「どうかなさいましたか？」

「ああ、うん。ここにね、マオさんの名前があったから。マオさんはリューンハイトに住んでるけど、まだ道場の門下生なんだね」

「そうですか」

特にどうとも思わなかったイオリは、適当に軽くうなずく。

それからふと、こんな質問が口をついて出る。

「フリーデ殿は、どのような武術を修めておられるのですか？」

「人狼族に伝わる狩りの技だよ。名前はついてないけど、投げたりつかんだりするよ」

フリーデは身振りを交えながら、人狼族のレスリングについて説明した。

（投げ技主体か。とはいえ所詮は魔族の力任せの技。系統立てられてもいないようだし、ワの具足術ほど洗練されてはいないはず）

そう思ったとき、イオリの胸中にどろりと濁った感情が湧き上がってくる。

「では小具足術に似ていますね。せっかくですからお手合わせ願えませんか？」

「イオリさん、小具足術が使えるの？」

「当然でしょう。都にも小具足術の道場はいくらでもありますから」

そっけなく言って、イオリは再度尋ねる。

「で、どうしますか？」

「やる！　お願いします！」

フリーデが一礼して拳を構える。

わずかに重心を落とし、イオリも身構えた。

（構えが隙だらけだ。どこからでも殺せる）

そう判断したイオリは、心の中でニヤリと笑う。

「では参ります」

一瞬にして踏み込むと、イオリはフリーデの襟を取った。


「はあっ……はあっ……」

イオリは額を伝う汗を拭いながら、呼吸を整える。

フリーデは予想外に手強かった。

（構えは隙だらけ、技量は未熟、それなのにメチャクチャに速い!?）

見た目は完全に人間なのに、フリーデの動きは人間のそれとは全く別次元だった。獣のような反応速度でイオリの攻めを回避し、思うように組ませてくれない。

あまり無理な攻めをすると反撃を受ける。技術的には大したことがないのだが、とにかく猛烈に速いので全く油断できなかった。

そして彼女は疲れるということを知らない。

「イ、イオリさん強い……」

フリーデが驚いた顔をしているが、それはイオリの方が言いたかった。

(こんな初心者相手に、私が攻めあぐねるなんて!)

イオリの弱点は持久力だった。基礎体力が低いので、白兵戦を長く続けるとすぐに息切れするのだ。このままでは負ける。

(ミホシ家の跡取り候補が、こんな子に負ける訳にはいかない！　こんな、人狼の能力にあぐらをかいているような子に!)

フリーデの反射神経も体力も、明らかに人狼由来のものだ。

(私は負けない！　何もないところから努力だけでここまで強くなった、この私が負けてたまるか!)

そう思ったとき、イオリは小具足術ではなく具足術を使う決意を固めていた。

「本気で参ります!」

「ど、どうぞ!?」

そう答えたフリーデの顔を狙って、フック気味の鋭いパンチ。もちろんフリーデは上体を反らし、軽く避ける。

だがそこに隙が生まれた。

（組み技は手だけでするものじゃない！）

一気に踏み込み、フリーデの脚に自分の脚を絡める。

「あっ!?」

フリーデが叫んだときには、彼女の腕を取っていた。

（手と脚を封じた！　もう受け身は取れない！）

そのまま一気に脚を刈り込み、フリーデの姿勢を崩す。のけぞっていたフリーデの重心は後方にずれており、そのまま押すだけで倒せる。

（ミホシ流具足術『鳴神』！）

相手に受け身を取らせない投げ技だ。同様の技はセイガ流にもあるが、小具足術では相手の頭や背中を保護するように投げ方が変更されている。

（決まった！）

後はフリーデが床に頭をぶつけないよう、寸前で腕を引けばいい。

そう思っていたら、視界がぐるりと一回転した。

「ぬあ!?」

変な声が出てしまう。

頭より先に体が異常を察知し、イオリは奇麗な受け身を取っていた。

そう、投げられたのはイオリの方だ。

混乱しているイオリの顔を、フリーデが心配そうに覗き込む。

「……え？」

「イオリさん、大丈夫？」

「あ……はい」

自分の倒れ方とフリーデの位置から、イオリはおおまかな状況を察する。

「もしかして、倒れこみながら私を後ろに投げ飛ばしたんですか？」

「うん。倒されるのはもう防ぎようがなかったからね。勢いでつい」

恥ずかしそうに笑うフリーデ。

だがイオリは背筋に冷たいものを感じていた。

（私がこの子の腕を取っていたのに、それをほどいて投げ飛ばしたの!?　私、どこもつかまれてないのに!?）

押し倒す瞬間、イオリはフリーデと体を密着させていた。

どうやらフリーデは体幹のバネだけでイオリを後方に投げ飛ばしたらしい。どんな鍛え方をしたら、そんなムチャクチャな真似ができるのだろう。

（こんな荒技ができるのなら、相手がどう組んでこようが平気か……）

フリーデの構えが隙だらけに見えたのは、どう攻められても対処できるから。そのことに気づいて、イオリはぞっとした。

（化け物だ……。人間の姿はしてるけど、この子はやっぱり人間じゃない）

そう思っていると、フリーデが笑いながら手を差し伸べてくる。

「今の技って具足術だよね？　受け身取れなかったもん」

「はい。……すみません」

危険な技を使って攻撃したのがバレてしまった。これは責任問題になる。下手をすれば外交問題だろう。

思わず緊張するイオリだったが、フリーデは嬉しそうに言ってくる。

「私、さっきセイガさんが言ってた意味がわかっちゃった」

「はい？」

「ほら、具足術を伝授できない理由」

（それが今のとどういう関係が？）

不思議に思いながら立ち上がると、フリーデは続けて言った。

「具足術って危ないから、練習するだけでも大変でしょ？　ほら、さっきの技も受け身が取れないし」

「はい……。具足術の稽古中に事故で亡くなることはあります。小具足術では滅多に聞きません」

するとフリーデはうんうんと力強くうなずく。

「練習で死んじゃったら悲しいもんね。私、そういうとこも含めて小具足術の方が好きだなあ」

「ですが、具足術より弱いです」

「そんなことないと思うよ」

フリーデはニコッと笑う。

「どんなに強い技でも、たくさん練習しないと実戦では使えないでしょ？　それに危ない技は使うときに躊躇《ためら》っちゃうし」

「それは確かに……」

イオリは技を決める直前、フリーデを死なせないことを意識した。殺すつもりで仕掛けるときとは勢いが違う。

それに組み技は練習相手が必要だが、具足術の使い手は少ない。練習時間はどうしても足りなくなる。

（技の殺傷力だけで考えていたけど、これはフリーデの方が正しい……）

気軽に練習できて気兼ねなしに使えるのは、やはり小具足術の方だろう。

考えてみれば当たり前のことだが、イオリは目の前がフッと開けたような気がした。

（今、何かを学び取った気がする）

まじまじとフリーデを見つめると、彼女は首を傾げた。

「どうしたの？」

「何でもありません。御教授ありがとうございました」

悔しいが、ここは認めざるを得ない。イオリは深々と一礼し、フリーデに謝意を示す。だが頭を下げていたおかげで、泣きそうな顔は見られずに済んだ。

（こんな子に教えられるなんて……）

そう思っていたら、フリーデが心配そうに言う。

「だ、だいじょうぶ？　どっか痛い？　それとも、あの、傷つけるようなこと言っちゃった？」

頭を下げたまま、イオリはぼそりと問う。

「……なんでわかるんです？」

するとフリーデは明るく答えた。

「私、汗の匂いで人間の気持ちがわかるから。あ、人狼だからだよ？　変な意味じゃないからね？」

自分の心を勝手に覗かれた。しかも人狼の生まれつきの嗅覚で。

「そういうとこですよ！」

「えっ!?　どういうとこ!?」

慌てるフリーデ。イオリの気持ちがわかるくせに、イオリの気持ちなんて何ひとつわかっていない。

それが無性に腹立たしくて、イオリは叫んだ。

「人の心を読むなんてずるい！　何の訓練もせずにできるなんてずるい！　ずるいです！」

「え～……？」

困ったような顔をして、頭を掻いているフリーデ。

それからチラッとイオリをうかがうように見て、恐る恐る問うてきた。

「ずるい？」

「ずるいです！」

今までずっと我慢してきたが、イオリはもう止まらない。

「なんでそんなに強いんですか！　素早くて力も強い、目もいい、心だって読める！　それ、全部生まれつきなんでしょう!?」

「うん。だから自慢にもならないよ」

フリーデはあっさり認める。

そんな態度がまた、イオリを苛立たせた。

「わたっ、私、私なんか！　私がどれだけっ！　今まで必死で……私が……私なんか……」

言いたいことはいっぱいあったのに、言葉になって出てこない。

フリーデは少し考えて、それからこう言う。

「今の『私なんか』って、最初と最後で意味が違うよね？」

「だから、そういうところがずるいって言ってるんですよ！」

思わず鋭いパンチを放ったイオリだが、フリーデはそれを掌でふんわりと受け止める。攻撃されたのに気にする様子もない。

「ご、ごめんね、イオリさん？　私って昔から鈍くて」

「素直に認めるなって言ってるんです！」

「言ってないよ!?」

何だかもう無性に許せなくなって、何発もパンチを繰り出すイオリ。

フリーデは反撃もせず、そっと受け止めるだけだ。イオリは本気で突いているのに、まるで相手にされていない。

搦《から》め手《て》から攻めないと人狼には通用しないのだと冷静に判断しつつ、それでもパンチが止まらない。自分でも訳がわからなかった。

「私はあなたたちとは違うんです！　生まれも賤《いや》しいし、魔族みたいな力もないです！　予知魔法だって使えません！　刀じゃなくて火縄銃を持ってます！　普通に戦えば負けるから！　具足術だってこのありさまです！」

「いや強いよ!?　イオリさんぐらい強い女の子、見たことないもん！」

「あなたがいるじゃないですか！」

フェイントをかけてから必殺の後ろ回し蹴りを放ったが、フリーデは蹴り脚をろくすっぽ見ずに避けた。

こちらから仕掛けても決して当たらないのだ。当てるには捨て身のカウンターしかない。

フリーデは猛攻をかわしながら笑う。

「私はほら、半分だけ人狼だから」

「だから！　そこが！　ムカつくんですよ！　生まれ持った力でしょう！」

するとフリーデが一瞬、笑うのをやめた。

「そうだね」

（えっ!?）

本能的に恐怖を感じたイオリは、素早く後方に飛び退く。この恐怖感は、まるで喉元を刃物で撫でられているようだ。

しかしフリーデはすぐにまた笑うと、軽く手を振ってみせた。

「あ、ううん。私もそれなりに頑張ってはいるんだけど、イオリさんの努力には敵わないよ。ごめんね、人狼に生まれちゃって」

「あっ……あの、いえ……」

そのときイオリはようやく、自分がとんでもないことを口走ってしまったのだと気づいた。

（生まれのことを気にしているのは、私だけじゃないはず……。この子もきっと……）

ほんの十数年前まで、ミラルディアでは人間と魔族が激しく争い、殺し合ってきたという。イオリが物心つく前の話だが、トキタカやフミノたちのような大人の感覚では「ついこの間」だ。

（この子は人間と魔族が殺し合ってきた国で、人間と魔族の間に生まれたんだよね……）

資料で読んだが、フリーデの母アイリアはリューンハイトの太守で、そこに魔王軍の将であった父ヴァイトが侵攻してきたという。ヴァイトが対応をひとつ間違えていれば、アイリアは死んでいたとも。

そんな国だから、今でも魔族と人間が結婚するなどありえない。フリーデは魔族と人間の間に生まれた、たった一人の「例外」なのだと。

まだ心の中に割り切れない気持ちはあったが、自分が非礼を働いたことだけは認めなくてはいけない。イオリはフリーデに深々と頭を下げる。

「申し訳ありません、フリーデ殿。私はとても失礼なことを言ってしまいました」

「えっ!?　ううん、気にしないで！　ていうか、悪いことしちゃったのは私の方だよね？」

「違うんです……違いますから……」

なんだか無性に悲しくなってしまい、イオリは頭を下げたまま外に飛び出した。

「あっ、イオリさん!?」

（私の名前を呼ばないで！）

屋敷の外の雑木林に駆け込むと、イオリは朝まで戻らなかった。


そして翌日。

「だからヨシュア、具足術は諦めた方がいいよ」

ナギエから都に向かう街道を馬で進みながら、フリーデはヨシュアを説得していた。

「技が危なすぎて練習相手がいないもん。どんな凄い技でも練習相手がいないと覚えられないでしょ？」

「いやまあ……。あ、でもウォッド爺さんとかヴァイトさんは使えるだろ？」

ヨシュアが言うと、シリンとユヒテが同時に首を横に振る。

「二人とも多忙だから君の訓練にしょっちゅう付き合うのは無理だよ」

「それにリューンハイト人狼隊に勤務するなら、相手は酔っ払いや窃盗犯ですよね？　殺してしまうような技はどうかと思います」

反論しようのない意見を言われ、ヨシュアが黙る。

そしてフリーデがニコッと笑った。

「ヨシュアは優しいから、殺しちゃうような技を使おうとするとたぶん手が止まっちゃうと思うよ」

「そ、そうかな？」

「かなり強い人でもそうみたいだから、ね？」

フリーデの視線が不意にこちらを向く。

（私のこと!?）

昨日の「手合わせ」のことは秘密だ。だからフリーデは何も言わないが、彼女の嬉しそうなまなざしにイオリは吸い寄せられてしまう。

今のは嫌味でも冗談でもなく、純粋な尊敬だった。信じられない話だが、勝負に勝ったのにフリーデはイオリを強者として尊敬しているらしい。

しかも昨夜、あんな無礼を働いたというのに。

（そんなことってある？）

わからない。何もかもがわからない。

イオリは困惑し、フリーデの視線から逃れるように横を向いた。

＊　＊

俺は風紋砂漠の調査を進めつつ、応援に来てくれたフミノと雑談していた。

「イオリ殿か。会ってみたいな」

「とても真面目な良い子ですよ。ただ、他者になかなか心を開きませんが。……ヴァイト殿、こちらの方角に反応がありました」

観星衆の忍者には、予知魔法の使い手が結構いる。フミノもそうだ。

予知できる範囲はごく狭く、数秒から数時間程度の未来しか予知できないが、砂漠の調査には極めて有効だった。

なぜなら風紋砂漠は、巨大な砂虫がそこらじゅうに潜んでいるからだ。

「また砂虫か。おーい、一時停止だ。大魔王陛下を呼んできてくれ」

俺は調査隊を呼び止め、方眼紙の座標に印をつける。

しばらくすると師匠がふよふよ漂ってきた。

「また砂虫か。厄介じゃのう」

「砂鱗氏族の竜人たちが『砂虫の巣』と呼んでるだけのことはありますね」

風紋砂漠の奥地を目指す旅は困難を極めていた。過酷な気候と地形だけでなく、危険な砂虫を避けねばならない。

「砂虫と言ってもいろいろおるが、どのタイプじゃろうな？」

「砂が激しく飛び散る光景を予知しましたので、おそらくは『飛び出し型』ではないかと思います」

フミノが答える。

俺が以前派手に吹っ飛ばしたのは、蟻地獄のようなすり鉢状の罠を仕掛けるタイプだった。自分が動かなくていいので楽だが、攻撃範囲から一歩でも外れてしまうと捕食できない。

一方、獲物を察知してジャンプしてくるヤツもいる。比較的小型のタイプで、砂中を潜行してくるので攻撃範囲が広い。

ただし小型といっても電柱ぐらいのサイズがある。大きく口を開ければ、人間ぐらいは丸呑みにできるらしい。

大型は電車サイズなので、あくまでもそれと比べれば小さいという話だ。

「気づかれてはいないよな?」

「おそらくは……。まだかなり距離がありますから」

一匹に気づかれると周囲の砂虫が一斉に反応することがあり、そうなるともう手がつけられない。

迂回しようと思ったとき、急にフミノが叫んだ。

「あっ！　大変です！　こちらに向かってきました！」

「なんで!?」

もしかして俺たちが歩く振動を感知したのか。なんてヤツだ。

しょうがない、見つかったのなら戦うしかないな。

「人狼隊、迎撃用意！　魔撃銃構え！　フミノ殿、援護を頼む！」

「承知いたしました！」

棒手裏剣を構えるフミノ。棒手裏剣には細くて強靭な鋼線が結びつけられており、刺さった敵を絡め取る。

俺たち人狼は魔撃銃を構える。砂虫相手に接近戦は危険だ。

「そこっ！」

フミノが手裏剣を投げると、数十挺の銃口がそれを追尾する。

次の瞬間、砂虫が俺の足下から飛び出してきた。

俺は砂を蹴って宙に舞い上がりながら叫ぶ。

「やっぱり俺か！」

どうもこいつら、魔力が多いヤツを優先的に狙う傾向があるようだ。

「撃つな！」

魔撃銃の弾がもったいないので、俺は魔力で作った刃で砂虫を一閃した。

「はあっ！」

電柱ほどの砂虫が縦真っ二つに裂ける。

砂虫の奇襲は猛烈な速さを誇るが、それだけに動きは単調だ。この程度の相手なら変身するまでもない。

砂虫の死骸と共に着地した俺は、すぐさま隊員に命じる。

「ベースキャンプまで後退！　すぐに匂いを嗅ぎつけて他の砂虫が来るぞ！　こいつらは共食いするからな！」

砂虫の巣で一匹殺すと、そこらじゅうからわらわら集まってきて大変なことになる。うまくいけば同士討ちで半分以下になってくれるが、何にせよいったん撤退しないと危ない。

ベースキャンプに戻った後、俺たちは軽い休憩を取る。

「疲れた……」

昼間は火傷するほど日差しが強いし、夜はメチャクチャ冷えるし、しょっちゅう砂嵐が来るし、おまけに砂虫ばかりだ。さすがの人狼隊も休憩なしでは調査ができない。

「それにしても師匠、あいつらこんな場所でよく飢え死にしませんね？　獲物なんて数年に一度通るかどうかでしょう？」

「変温動物はわずかな餌で生き延びられると、おぬしが言うておったではないか。大型化すれば熱の放散も減ることじゃし、砂の中なら水分も失わぬじゃろう」

「まあそうですけど」

そうは言っても限度ってものがあると思う。

調査隊には砂鱗氏族の竜人たちも参加しており、彼らが淡々と言う。

「このままでは水と食料が足りなくなるぞ。砂漠の奥に進めば進むほど、砂虫の巣は増える。我らの祖先たちが何度も挑んだが、皆諦めて戻ってきた」

「そいつは厄介だな。だが妙だぞ」

俺は地図を眺める。前から気になっていたことがあった。

「師匠、砂虫の生息地点に法則性がありそうです。密集している地域を抜き出すと……」

「ほう、まるで木の根のようじゃな。放射線状に枝分かれしておる」

「何か理由があるんでしょうか？」

「地表には何も変化はないから、何かあるとすれば地中じゃろうな」

　地中か……。

「そういえば師匠、ドラウライトの秘宝のこと覚えてますか？　地中に魔力の根を張っていたヤツ」

「おお、察しが良いのう。わしもその仮説を検証したいと思っておってな」

　どうやら師匠も俺と同じ考えのようだ。ワクワクしてきたぞ。

　一方、背後ではフミノが竜人たちに何か説明している。

「フミノ殿、あの方々は本当に信頼していいのか？」

「魔物の研究では、あのお二人に勝る方は大陸のどこにもいませんので……」

　フミノの説明に困ったように首を傾げる竜人たち。

「しかしあまりにも回りくどすぎるのではないか」

「今回の任務は調査ですし、それにいつものことですから」

「……いつもああなのか？」

「はい」

　なんか言われてる気がするけど、今は砂虫のことで頭がいっぱいなのでどうでもいい。

そのうちフミノがこっちに歩いてきた。

「ところでヴァイト殿」

「何かな、フミノ殿」

「フリーデ殿のことが御心配でしょう?」

フミノの問いに、俺は思わず笑う。

「フリーデはフリーデ、俺は俺ですから」

多聞院がうちの子をどう値踏みするかはわからないが、俺は別に多聞院に気に入られるためにフリーデを育てた訳じゃない。どう評価しようが多聞院の自由だ。

そしてどう評価されようが、フリーデは自慢の我が子だった。

「だから俺はあまり心配はしていない」

「本当ですか?」

「まあ……全く心配していないと言えば嘘になるけど……」

何かやらかさないか不安で仕方がない。

とはいえ、過保護になるのは禁物だ。俺はあの子を信じる。

「それよりフミノ殿、砂虫についてもう少し詳しく調査したい。生息分布に何か秘密がありそうだ。奥地へのルートが開拓できるかもしれない」

「わかりました。安心して調査できるよう、物資の補給を手配しておきます」

どうやらこの砂漠にはまだ何か秘密がありそうだ。

それにしてもフリーデ大丈夫かな……？

＊　＊

「イオリの記」


街道を馬で進みながら、イオリはフリーデたちの会話を聞いていた。

（やっぱりあの子は、どの分野でも一番じゃない）

神学や弁論術に詳しいユヒテ。

軍学や剣術に秀でたシリン。

野外活動や格闘術が得意なヨシュア。

みんな得意分野では他の三人よりも上だ。あれだけ詳しければ、たぶん一人前の大人として働けるだろう。

一方、フリーデはどの分野でも一番ではない。

（でも、必ず二番目ぐらいに詳しい）

ユヒテが輝陽教の思想を語っているとき、その相手を務めているのはフリーデだ。他の二人はついていけない。

シリンが街並みを見ながら籠城戦について説明すると、すかさずフリーデが質問してくる。

ヨシュアが雲を見上げて天候を予測すると、やっぱりフリーデが私見を述べる。

（常に二番手の才、か）

そう考えたイオリは、ふと思う。

（もしこの四人が観星衆の忍びとして動くことがあれば、父上は誰を組頭にするだろうか？　やっぱりフリーデだろうか？）

フリーデなら他の三人の意見をうまく汲み取れるだろう。どの分野にもそこそこ詳しく、専門家の意見を理解できるからだ。

（任務によっては、一番手の補佐役としても動ける）

何をやらせても二番手だから、一番手だけでは足りないときに代役を務められる。一番手がミスをしたときにもいち早く気づけるだろう。

（そういえば、黒狼卿ヴァイトもあらゆる分野に通じているという噂だったな……）

娘であるフリーデの様子を見ていると、そんな噂も本当のように思えてくる。とにかく守備範囲が広い。

普通ならそこで納得してしまうが、イオリはさらに考える。

（でもどうしてそんなことができるんだろう？　あの子は決して秀才じゃない。他の三人と比べて、特に賢いという印象はないけど……）

しばらく考えていたイオリだが、やがてハッと気づく。

（そうか、「二番手の才」じゃないんだ。一番手から誰よりも多く学び取るから、いつも二番手な

んだ）

フリーデは学友たちと接しながら、彼らの知識や考え方を吸収していく。彼女は何にでも興味を持ち、誰にでも敬意をもって接する。

（シリンは神学に興味がないし、ユヒテは格闘術に興味を示さない。ヨシュアも剣術は素人だ。でもフリーデはどれにも興味を持ち、どれもそれなりにできる）

そういえばセイガの言葉を一番よく記憶していたのも、やはりフリーデだった。

（人と出会えば出会うほどに、この子は成長していく。他者を侮らず、最も優れた部分を吸収していくから……）

イオリの推測が正しければ、いずれフリーデは他の三人を大きく引き離すだろう。

だがそのことに他の三人が気づいている様子はない。

イオリの人物眼は、彼女の幼少期の苦難が培ったものだ。人を見る眼を養わなければ生き延びることはできなかった。

ミホシ家の養女になることを承諾したのも、トキタカや観星衆が信用できると見極めたからだ。

（これもすぐに父上に御報告しなくては）

のんきに笑っているフリーデの横顔をちらりと見て、イオリは心の中でつぶやく。

（好きにはなれないけど、やはり侮れない……）

彼女から目が離せない。

そしてイオリはフリーデたちを案内し、無事にワの都に到着した。

「すごいね！　なんか雰囲気がある！」

とてもざっくりしたフリーデの感想に、イオリは思わず苦笑する。

「ワの都はアソン様が設計なさったもので、街全体がひとつの魔術紋を織りなしています」

「あ、そうだったね。だからかな？　なんだか不思議な感じがする」

ユヒテが街並みを見回しつつ、ぽつりとつぶやく。

「それはわかりませんけど、とても異国情緒にあふれていますね」

「ワ風建築だからね。ワの気候や風土に合わせて発展してきたんだ。ああ、何もかもが洗練されてる。なんて素晴らしいんだ」

尻尾をぴこぴこ動かしながらシリンが溜息を漏らしている。事前情報によると、あの竜人の少年は相当なワ文化好きらしい。

そしてその会話に軽々しく乗っかってくるのが、あのフリーデだ。

「すごいよね！　障子の紙や壁の土が湿気を吸い取ってくれるから、雨が多くても結露しないんだよね」

「そうなんだよ。土地にあるものを上手に使って、気候に合わせて快適な住まいを作っているんだ」

「ロルムンドの屋根が急なのと同じだよね」

「そうだっけ？」

ロルムンドの文化にはそこまで思い入れはないらしく、シリンが首を傾げる。

(この差か)

ワの文化ならシリンの方が詳しいだろうが、フリーデはロルムンドの文化と比較するだけの知識がある。

(この子が黒狼卿のように世界中を飛び回るようになったら、どうなるんだろうか？)

そんなことを考えると、少し彼女に興味が出てくる。黒狼卿の再来となるだろうか。

そう考えたとき、イオリはふと妙なことに気づいた。

(変ね、最初に会った頃にはそんな気が全くしなかったのに)

見るからに無能そうな少女だと思っていたが、自分の中でフリーデの評価が徐々に変わっているようだ。

　急に恥ずかしい気分になり、イオリは内心で言い訳する。

(ま、まあ懐の深い人物だということは認めよう。あれだけ非礼な発言をしたのに、ぜんぜん気にしてないみたいだし。ただのバカかもしれないけど)

しかし「ただのバカ」なら、常に二番手になるのは無理だろう。やはり「ただのバカ」ではない。

(なんか、認めたくないな……)

どういうわけか素直に賞賛する気になれず、複雑な気分で歩みを進めるイオリだった。

　イオリはさっそくフリーデたちを多聞院へと案内する。

ミラルディアには秘密だが、実はここでフリーデの資質を確かめることになっているのだ。彼女が黒狼卿の後継者としてふさわしいかどうか。

（最初は無理だと思ってたけど、さすがにフリーデなら大丈夫だろうな）

ふと、そんなことを思ってしまう。それがまた微妙に悔しい。

多聞院の最高幹部である評定衆の待つ部屋へとフリーデたちを連れていく。

評定衆はワを統治する「公氏」と呼ばれる家系の当主たちだ。トキタカが当主を務めるミホシ家も公氏だった。

フリーデはさっそく、習い覚えたワ語で挨拶を述べる。

「お初にお目にかかります。ミラルディア評議員ヴァイト・フォン・アインドルフの長女、フリーデ・アインドルフです。お招きに感謝いたします」

（よし、ちゃんと言えたな）

ハラハラしながら見守っていたイオリは思わずホッとする。フリーデのワ語はなかなか上手だった。かなり前から勉強していたのだろう。

評定衆はフリーデを見るなり、口々にヴァイトを懐かしんだ。

「こちらこそ感謝いたします。どうかおくつろぎください」

「それにしてもヴァイト殿の面影がありますな」

「聡明なまなざしをしておいでだ」

初対面の相手から褒められ、照れくさそうな顔をするフリーデ。

だがイオリは知っている。これは多聞院の面接なのだ。

（これで油断しているようではダメだ、フリーデ）

イオリは知らず知らずのうちに拳を握りしめる。フリーデは優れた資質を持っているが、それを多聞院が見誤ればお互いに損をしてしまう。

するとすかさず評定衆の一人が問いを発した。

「いかがですかな、ワを御覧になった感想は？」

「あ、はい。とても素晴らしい国だと思いました」

傍らのフリーデを見つめながら、イオリは小さくうなずく。

（とっさの答えとしては悪くない。だが評定衆はその先をお望みだ）

フリーデはこう続けた。

「父がいつもワの話をしてくれていたんですが、気候も風土も聞いていたよりずっと素敵でした。この国のことをもっとよく知りたいです」

（うん、いいな。ワについて詳しく知らないことを逆手に取ったか。半端な知識をひけらかすよりも、もっと知りたいという気持ちを伝えたのはうまい）

イオリは安堵するが、おそらくフリーデは計算して言っている訳ではないだろう。素直な感情をそのまま口にしているだけだ。

だからこそイオリは不安になる。

評定衆の重鎮たちは目を細めて笑うが、彼らの試問はまだ始まったばかりだ。

「何か興味を持たれたものはございますかな？」

「はい！　小具足術と着物と都の街並みと……あとお刺身がとても美味しかったです。後でイオリさんに甘味処に連れて行ってもらう予定なので、それも楽しみです」

（子供か）

　呆れてしまうイオリ。これでは遠方の親戚へ遊びに来た子供だ。

　だが意外なことに評定衆の面々は好反応だ。

「甘味処でしたら『甘猫庵』が良いですぞ。味が一流なのはもちろんとして、猫人たちと触れ合えます」

「わあ、素敵ですね！　猫人族はミラルディアにはあまりいないので、会ってみたいです！」

（いいのか？　この流れでいいのか？）

　イオリは混乱する。評定衆の腹の内が読めない。

　だが次の瞬間、イオリはこれが評定衆の一手であることを知る。

「では供回りに猫人の者たちをお付けしましょう。都に滞在の間は自由にお使いください」

「えっ、いいんですか!?」

（待て、それは罠だ）

　猫人族は扱いづらい。怠惰だし協調性はないし身勝手だ。魔王軍の一翼を担う犬人族とは全く違う。

　しかしフリーデはニコニコ笑って承諾してしまった。

「ありがとうございます！」

（ダメだフリーデ！　あなたが猫人たちを使いこなせるか、評定衆は試験するつもりなんだ）

評定衆と賓客の会見に一介の案内役が口を挟む訳にはいかない。イオリは歯がゆい思いをしながら成り行きを見守る。

　試問はさらに続く。

「フリーデ殿は成人後、評議会か魔王軍に入られるのですか？」

「まだ何にも決めていません」

（嘘だろ!?　仮にそうだとしても、もう少し言いようがあるだろうに）

　イオリは胃が痛くなってきた。素直すぎるのも考え物だ。

　しかしフリーデは続けてこう言う。

「ミラルディア大学では自分の適性を探るよう教わりました。結論を出すのはもう少し先でも大丈夫だから、今は見聞を広めなさいと」

「なるほど。では今回の渡航もその一助になりましょう」

「はい！　ありがとうございます！」

　にっこり笑うフリーデだった。


　その夜、イオリは久しぶりに養父トキタカと会っていた。

「少し疲れているようだな」

「いえ、大丈夫です」

目の前に積まれた団子や羊羹や饅頭やミラルディア風焼き菓子などをちょっと見て、イオリは真面目な顔で応じる。養父の甘味攻めにもだいぶ慣れてきた。

「それよりも父上、評定衆の皆様はフリーデ殿をどのように評価なさったのでしょうか？」

「気になるか？」

フッと笑うトキタカ。何となく恥ずかしくなり、イオリは早口で答える。

「いえ、そのようなことは。ただ私の任務にも関係しますので、必要な情報は伺っておきたいというだけのことです」

「そうだな」

さらにフフッと笑うトキタカ。猛烈に居心地が悪いイオリ。

トキタカは熱い茶を飲みながら、静かに告げる。

「評定衆の意見は、フリーデ殿の実力は未知数ということで決した」

「そんな!?」

フリーデと共に旅をしたイオリは、多聞院最高幹部の決定に不服を唱える。

「父上、フリーデ殿は決して無能ではありません！　たまにそんな風に見えることもありますが、決して軽んじて良い人物ではないと思います！」

「落ち着きなさい、イオリ。未知数だと言ったのだ。つまり我々はまだ結論を下してはいない」

トキタカはそう言い、饅頭をひとつ手に取った。

「おや、これは栗餡か」

饅頭を割ってみせたトキタカは微笑む。

「饅頭でさえ食してみねば中身はわからぬのだ。ましてや人の中身があれしきの問答でわかろうか。違うかな、イオリ？」

「それは……父上の仰る通りかと」

少し安堵した気持ちでイオリはうなずく。

するとトキタカは愉快そうに笑った。

「だが私の中では、フリーデ殿の評価はおおむね定まったぞ。お前のその様子、さてはフリーデ殿に惚れ込んだな？」

「いっ、いえっ!?」

びっくりして声が裏返ってしまった。フリーデに惚れ込むなどとんでもない。イオリは彼女のようなタイプが一番苦手なのだ。

「私はただ、ミラルディアとの国交を重く考えているだけです。ミラルディア魔王の副官、外交の最重鎮であるヴァイト殿の後継者です。フリーデ殿の評価を誤ればワにとって大変な損失ですから」

ものすごい早口になってしまった。

ついでなのでもう少し早口でまくし立てておく。

「ですので、フリーデ殿に猫人たちを付けるのはやりすぎかと思います。猫人は案内役どころか、フリーデ殿の足を引っ張るだけでしょう。ていうか、それを狙ってやってますよね!?」

「こらこら、声が大きい。忍びたる者が大声でどうする」

苦笑するトキタカだったが、不意に真顔になる。

「たかだか数名の猫人程度を御せぬ者が、ミラルディアを治められるはずもない。かの国は魔族と人が共に暮らす地だ。ミラルディアに君臨する者には相応の器が求められる」

「それはっ……」

言い返す言葉が思い浮かばず、イオリは黙ってしまう。確かに養父の言う通りだ。

するとトキタカは再び微笑んだ。

「なに、お前の惚れ込んだ人物ならそれしきは造作もあるまい。その点は案ずるな」

「ですから惚れ込んでなどおりません！」

「ははは」

養父に食ってかかるイオリは、「その点は」というトキタカの言葉を深く考える余裕がなかった。

＊　　＊

多聞院評定衆との面会から一夜明けて、異国の空の下でフリーデは今日も元気いっぱいだった。

「おはようございます！　かわいい！」

フリーデは目をキラキラさせながら、集合場所でだらけている猫人たちの周りをぐるぐる回っていた。

着物姿の猫人が三人。連れてきたイオリの説明によると、彼らは雑用係として多聞院に雇われているという。

「猫人族はあまり働きたがりませんが、来訪者の取り次ぎなどにはちょうどいいそうです。威圧感がなくて話しかけやすいですし、あちこち出歩かないので」

「なるほど、そうなんですね！　あっ、そうだ、挨拶しなきゃ！　私はフリーデ・アインドルフ！　人間に見えるけど父は人狼なんです！　みなさんは？」

するとと猫人たちは顔を擦りながらみゃーみゃー返事した。

「僕はオコゲ。火の扱いがうまいんだ」

「私はニジル。濡れても平気よ」

「俺はヒボシ。高いとこが好きだね」

フリーデはふんふんと熱心にそれを聞く。

「黒がオコゲさんで、三毛がニジルさんで、サバトラがヒボシさん！　覚えました！」

「色で覚えるな、色で」

「顔で覚えてよ」

猫人たちがみゃーみゃー文句を言うと、フリーデは素直に謝った。

「ごめんね、顔で見分けつかないから。あなたたちも人間の顔は見分けつかないんじゃない？」

すると猫人たちは顔を見合わせ、それからうなずく。

「それもそうか」

「人間は毛色で見分けがつかないから不便よねえ」

「服を着替えられると、もうわかんねえよな」

それから猫人たちはごろりと寝そべる。やる気が全く感じられない。

このやり取りをシリンたちは少し離れた場所から見ていたが、さすがに声をかけてくる。

「君たち。案内役なのにさっきから何でずっと寝てるんだよ」

「そうだぞ、お前ら。ちょっともふもふで可愛いからって」

するとシリンが隣にいるヨシュアに声をかける。

「あれって可愛いのかい？」

「いや、可愛いだろ？　しゃべるとムカつくけど」

「あんなモサモサしてるのが可愛いってのは、僕にはわからないな……」

「マジかよ!?」

そのやり取りを聞いていたフリーデは振り返ると、二人に向かって言った。

「シリンは竜人族だから、モフ可愛いのはわかりにくいんだよ！　毛じゃなくて鱗の方が好きだから！」

「え？　あ、ああ……なるほど？」

ヨシュアが首を傾げ、シリンがうなずく。

「そうだね。鱗の光沢や質感には癒しを感じる。人や獣の体毛は何だか不気味だ。失礼だから言わないようにしてるけど、人間の頭髪は僕には鶏冠《とさか》みたいに見えてるよ」

「嘘だろ……？」

唖然としているヨシュアを見て、フリーデはクスクス笑った。

「ね、面白いでしょ？　だから猫人族も竜人は苦手なの！　だって一番の武器の『可愛さ』が通用しないから！」

それを聞いた猫人たちの耳が、ぴくっと動いた。

「……やれやれ、全部お見通しか」

「やりづらいなー」

「あっちの竜人の子より、こっちのフリーデの方が厄介だぞ」

にゃごにゃご言いながら立ち上がると、猫人たちは溜息をついた。

「まあいいや、行こっか。都を案内してあげるよ」

「わぁい、やった！　よろしくお願いします！」

フリーデはピョンと跳ねた後、着地と同時に深々とお辞儀をした。

オコゲたち猫人に案内され、フリーデ一行は都を散策する。

「ワの都は堀と城壁に守られた城塞都市なんだよ。都以外ではこういう形になってないけど、こっちの方がミラルディアじゃ一般的なんだろ？」

オコゲが退屈そうに言うと、フリーデがうなずく。

「そうだね。あ、でも堀は珍しいよ。あっても空堀だし」

「なんで？」

ニジルが不思議そうに聞いてきたのでフリーデは即答する。

「水が貴重だから。ワと比べたらあんまり雨が降らない土地が多いの」

「はー、なるほどねぇ」

ニジルはうなずいてみせた。

それから不意に、こう尋ねてくる。

「ねえ、他になんか気になることある？」

「あるよ！　たくさん！」

フリーデは叫ぶと、手に持った紙を広げてみせた。

「これ、歩きながら作った都の地図なんだけどね」

「都の地図なんか勝手に作ってたんですか!?」

同じぐらい叫んだのはイオリだ。彼女は慌ててフリーデの地図を覗き込む。

「地図は国防上の機密なんですよ！　勝手に作れば重罪です！」

「だから黙ってないで見せたよ？」

「そういう問題ではなく……。歩きながらよくこんなに精密な地図を描けましたね」

イオリが呆れたように言うと、シリンが誇らしげに答える。

「描いたのは僕だよ。それより精密な地図が僕の頭の中にはあるから、その地図がダメなら僕も帰国できないな」

「ええ……」

　ますます呆れたようなイオリに、フリーデが笑いかける。

「竜人族の人って記憶力いいんだよ」

「見たままを覚えてるだけで、記憶に余計な紐付けはしないけどね。だから竜人が描いた風景画は他種族には不評なんだ。実用的なのにな」

「いや、今それはどうでも……」

　イオリが困り果てていると、ユヒテがやんわり取りなす。

「この精度の地図でしたらミラルディア評議会は確実に持っていますし、こちらも魔都リューンハイトの地図を多聞院に差し上げていると聞いています。同盟国ですし、これぐらいは問題ありませんよ」

「そう……でしょうか。そうならいいんですけど……」

　イオリがようやく立ち直ったところで、フリーデは猫人のニジルに向き直る。

「それでね、歩いてて不思議だったことがあるの。人の流れがいつも同じ方向だなって」

「そう？」

　ニジルが退屈そうに返事すると、ヒボシが面白がっている口調で言う。

「よく気づいたな、お嬢ちゃん。その通りさ。なんか……あれだ、人の流れが滞らないように、役所やら繁華街やらの位置を最初から決めてあるんだと」

「ふーん？」

　フリーデは首を傾げる。

ヨシュアが興味なさそうに口を開いた。

「何か納得してない顔だな。別になんでもいいだろ？」

「いや、人の流れが滞らないようにするだけなら、繁華街を都の端に寄せればいいと思うんだけど。職人町とか官公庁とか、役割ごとに区分けすれば簡単だよ？」

「えー……なんかどうでもいいや」

ヨシュアが煩わしそうに手を振ったが、フリーデはまだ考え込んでいた。

「なんかこれ、流れが魔術紋っぽいけどなあ……。人の流れが魔力の流れだとすれば、人が歩くだけで何か起こせそうだけど」

「そうなの、イオリ殿？」

シリンがイオリに問いかけ、イオリは首を横に振る。

「存じません。私は魔術師ではありませんので……。ただ、都を設計された国父アソン様は大変な賢者だったそうです。そういう仕掛けもあるのかもしれません」

すると猫人のオコゲが寝そべりながらあくびをする。

「ふぁーあ、そういうのは見学が終わってからやってよ。そろそろ行こうよ」

「そうだね。行こう、オコゲさん！」

「うわっ!?　引っ張らないでよ!?」

地図を丸めたフリーデは、黒い猫人を引きずるようにしながら歩き出した。

「イオリの記」

＊　＊

「驚いたなあ……」

そうつぶやいたのは、黒い猫人のオコゲだった。彼は火薬玉を転がし、ちょいちょいとつつきながら言う。

「あの子、ただ者じゃないぞ。都の様子を少し見ただけで、かなりいろいろ読み取ってる」

「ああ、いい忍びになりそうだな。観星衆が欲しがりそうだ」

サバトラの猫人、ヒボシがうなずく。

イオリは腕組みしながら顔をしかめた。

「冗談じゃない。あんな子お断りだ」

「私は嫌いじゃないな。フリーデって子、私たちをバカな小動物扱いしなかった。ちゃんと人として礼儀正しくしてくれたからね。ああいう子、意外と少ないんだよねぇ」

三毛のニジルがそう言って、フヒッと笑う。

「イオリ、もしかして嫉妬？」

「違う！」

思ったより大きな声を出してしまい、イオリは慌てて口をつぐんだ。大声は禁物だ。

今は休憩時間。フリーデたちは少し離れた場所で昼食の最中だ。ワのうどんが珍しいらしく、キャッキャ言いながら食べている。さほど苦労もせず箸で麺を食べているのが、少し意外でもあった。

「そ、それよりも」

イオリは猫人たちを睨む。

「『三猫士』が出てくるなんて聞いてませんよ。フリーデに何をするつもりなんです？」

「別に火だるまにしようなんて思っちゃいないさ。大事なお客様なんだろ？」

クックックと笑うオコゲ。口調は完全に悪役じみていたが、火薬玉を追いかけるのに夢中だ。

「こら、遊ぶな。濡れるでしょ」

ニジルがヒョイと火薬玉を取り上げて、同僚の言葉を継いだ。

「私たちは御館様の命に従うだけよ。言われた通りのことをして、終わったら帰って寝る」

「具体的に何をするつもりなの？」

するとヒボシが鉤縄の手入れをしながらフッと笑った。

「任務のことはアンタにも言えないが、フリーデ殿に民を治める器と力があるのか、確かめさせてもらうだけだ。……って御館様が言ってた」

「ああ、そう……」

猫人たちは面白いから忍びをやっているので、任務の意図についてあれこれ考えたりはしない。

もっとも、そういう割り切り方をしてくれるのは観星衆としてもありがたいらしい。

（どうして父上は……いや、多聞院の評定衆はこいつらを出してきたんだろう？　観星衆にたった三人しかいない、秘蔵の猫人部隊を？）

　猫人は飽きっぽい上に怠惰なので忍者への育成は一苦労だ。観星衆が密かに募った猫人たちのうち、半分ほどは初日の訓練に来なかったという。訓練と選抜をクリアしたオコゲ・ニジル・ヒボシの三名は精鋭中の精鋭だった。

（父上自身はフリーデの評価を決めたと言っていた。だとすれば、これは評定衆の意向か。何を考えてるのかわからないな）

　悩んでも仕方なさそうなので、イオリは気持ちを切り替える。

「私は今まで通り、フリーデの案内役をしながら彼女の評価を見極める。それでいいんですよね？」

「もちろんさ。僕たちもアンタも御館様の命で動いている。対立する理由はないよ」

　オコゲが格好つけて言うが、その視線は没収された火薬玉の行方をずっと追っている。

「ねえねえ、火薬玉を返してよ。僕は組頭だぞ？」

「いや組頭は私だし」

「俺だろ？」

　いつものやり取りが始まったので、イオリはそっとその場を離れた。

（頭痛くなってきた……）

　フリーデの顔でも見て気分を落ち着けようと思った。

＊　　＊

「うどんおいしい！」

ワ人たちの流儀でずるずると麺をすすりながら、フリーデは興奮していた。

「なんでだろう!?　すするとおいしいよ！　シリンもやってみて！」

「遠慮しておくよ。竜人の口は麺をすするのに向いてないんだ」

麺を丁寧に巻いてから口に運ぶシリン。

一方、ユヒテは困惑していた。

「すするのは抵抗がありますね……」

「そうか？　俺は平気だぞ？」

ズルッズルと盛大に音を立てて、ヨシュアがうどんを頬張る。顔中めんつゆだらけだ。

「うまいな！　このスープ、豆と魚と海草で作ってるとは思えないぐらい味が濃い！」

「そう？」

シリンが首を傾げている。彼の口元は全く汚れていない。

二人の顔を見たフリーデはハッと気づく。

「そっか！　すするとスープが麺と一緒に口の中に入るんだ！　それでちょうど良くなるようにできてるんだよ！」

「なるほど、それはありそうですね」

納得したような顔でユヒテがうなずき、匙でめんつゆをすくって麺と共に口に運んだ。

「本当ですね、ちょうど良い濃さです。香りも旨みもしっかり伝わってきますよ」

「どれどれ」

シリンが真似をしたとき、イオリが店内に戻ってきた。心なしか疲れた顔をしている。

「素うどんひとつお願いします。少なめで」

「イオリさん、大丈夫？　お揚げいる？」

「いえ結構です」

溜息混じりにうどんをすすり始めたイオリ。

シリンとユヒテがひそひそ話を始める。

「やっぱりすすってるな……」

「合理的な食べ方なんですね」

「スープに粘り気を持たせれば片付く問題じゃないの？」

「すすれば済む話なんですから、わざわざ粘り気をつける必要はないのでは？」

耳敏《ざと》いイオリが若干苛ついた匂いを発してきたので、フリーデは慌ててごまかす。

「お、おいしいよね、うどん」

するとイオリは苦虫を噛み潰したような顔で応じた。

「あまり好きではないです」

「そうなの？」

「うどんの味は嫌いではありませんが、嫌な思い出が……」

　そのとたん、ぐぐっと身を乗り出すフリーデ。

「なになに？」

「話すつもりはありません」

　さっさと食事を終えたイオリが口元を拭う。

　ちょうどそのとき、オコゲたちがやってきた。

「お昼終わった？」

「うん、うどんおいしかった！　オコゲさんたちのお薦めの店、全部良かったよ！　ありがとうございます！」

　フリーデが満面の笑みで頭を下げると、ヒボシがうなずきながら応じる。

「それを聞いて安心したよ。これでも俺たち、うまいもんにはうるさくてね。おっと、それはさておき」

　ヒボシがコホンと咳払いする。

「実はこの後、多聞院から急ぎの仕事を仰せつかってるんだ。悪いけど後はイオリ殿に案内してもらってもいいかな？」

「はい、大丈夫です。ちょっと残念だけど」

　せっかく猫人たちと仲良くなれたのに、仕事とは名残惜しい。

　するとニジルが薄く笑う。

「ごめんね。大変な仕事だから、あんまり後回しにできないの」

「大変な仕事……？」

気になってきた。

「ああいや、かなり危ないからね。ミラルディアからのお客さんがケガしたり死んだりしたら、私たちが怒られちゃう」

ニジルはそう言ったが、フリーデは気になって仕方がない。

「それ、外国人には秘密の任務だったりします？」

「いやいや、そういう仕事じゃないよ。猫人にも不心得者はいるの。ちょいと仕置きが必要だわ」

オコゲが深々と溜息をついてみせる。

「ま、ただの山賊なんだけどね。こっちは三人だから油断ができなくて」

「おっ、珍しく慎重だなオコゲ」

ヒボシがククッと笑うと、オコゲは少しむきになって言い返す。

「僕が三人いれば簡単なんだけどね。ニジルとヒボシは戦いが得意じゃないから」

「何言ってやがる。俺たちがいなけりゃ、お前何にもできないだろ」

「そうよ。火薬は濡らすし、油はこぼすし」

にゃーにゃー言い争いを始めた三人にフリーデは割って入った。

「じゃあ手伝ってもいい？」

「えっ!?」

その場にいたほぼ全員が驚いたが、フリーデは笑って言う。

「だってオコゲさんたちにはお世話になったから。それにほら、ミラルディアとワは同盟国でしょ？」

ユヒテが困ったような顔をする。

「それはまあ……そうですけど」

シリンがすかさず口を開いた。

「だからこそ良くないんだよ、フリーデ。君に何かあれば、イオリ殿を始めとして大勢の関係者が責任を負わされることになる」

「それはわかってるんだけど、でもオコゲさんたちだけで大丈夫なの？」

フリーデがイオリを振り返ると、彼女はひどく居心地悪そうにしていた。

「私にはわかりません。多聞院は機密保持が徹底していますから、他の人の任務は知りようがありませんし」

だがこのとき、フリーデはイオリから「嘘の匂い」を感じ取っていた。

人狼は人間の汗の匂いで心理状態を読み取る。言葉に嘘がなくても、ごまかしたい気持ちになっていれば察知してしまう。

（イオリさんのことだから嘘はついてない気がするけど、後ろめたい気持ちになってるみたい……でも何で？）

他の人狼と違って人間の心理にも通じているフリーデは、イオリの匂いと表情からかなり深い部分まで読み取っていた。

もっとも、読み取れることと理解できることはまた別の話だ。フリーデにはイオリの後ろめたさの理由がわからなかった。

「うーん」

ほんの一瞬だけ悩むフリーデ。退くべきか、進むべきか。

（でも本当に危ないことなら、イオリさんは止めてくれる気がするなあ）

あっさりと決断を下して、フリーデは力強く言う。

「じゃあ一緒についてく。本当にダメなときは言ってね、そこで帰るから」

「あいよ」

ヒボシが軽い口調で応じ、仲間たちと軽くうなずき合った。

イオリは困惑を隠しきれない様子だったが、何も言わずに溜息をつく。

「もちろん私も同行します」

「ありがとう！」

フリーデは快活に笑った。

＊　＊

「イオリの記」

オコゲたちがフリーデ一行を案内した先は、都から少し離れた山の中だった。

「この国の礎を築いたアソン様は、山やら川やらの位置をずいぶん気にしてたって聞くね。猫人族と知り合ったときも、どこに住むのがいいか教えてくれたらしいよ」

「だから猫人さんたちはアソン様に感謝してるんだね」

「まあねえ。アソン様がいなかったら僕たちとっくに滅んでたらしいから、さすがにね」

猫人たちと会話しながら、フリーデが木々に覆われた薄暗い斜面を歩いていく。旅人がたまに通る程度の道は地面が剥き出しで、かなりデコボコしている。

「なるほど」

フリーデは拾った木の葉をつまんでくるくる回していたが、シリンがそれを横から取る。

「気が緩みすぎだよ、フリーデ」

「そうかな？」

（緩みすぎでしょ）

イオリは内心で溜息をつく。フリーデは猫人たちとの会話を楽しんでいるように見えたが、どうも注意力散漫だ。

すると今度はヨシュアがシリンから木の葉を奪い取った。

「俺たちがついてるから大丈夫さ。フリーデはのんびりしてりゃいい。だろ？」

「そういう訳にはいきませんよ」

そう言って最後に木の葉を取ったのはユヒテだ。ユヒテは木の葉を一瞥し、フリーデに返しながら真面目な口調で言う。

「オコゲさんたちの邪魔になったら、何のために同行を申し出たのかわからなくなります」

「いや、そんなに肩肘張らなくてもいいんだよ？　それよりさっきの話の続きなんだけど……」

オコゲの発言を奪うようにヒボシが素早く口を開いた。

「おかげで俺たちの集落、あんまり水害や土砂崩れに遭わねえんだ。そのせいで人間たちが街道を作るときの目印にされちまってな」

「空き家を旅人に貸すだけで金がもらえるんだから、悪い話ばかりでもないでしょ。ダンダ塚なんか観光名所になってるし」

ニジルがそう言ってニヤリと笑う。

「フリーデは知ってる？　ダンダ塚って」

「あ、劇で見たことある。ヌエ退治の場所でしょ？　亡くなったダンダさんに弔意を表して劇では名前を変えてたけど」

ヒボシが笑う。

「はは、さすがに知ってるか。親父さんの手柄だしな」

「お父さんは手柄とは思ってなかったみた……」

そう言いかけたところで、フリーデが不意にヒボシの頭をむんずとつかんだ。

「止まって」

「ヌェッ!?」

押し潰されるようにしてヒボシが変な声を出すと、即座に一行は歩みを止めた。瞬時にシリンとヨシュアがフリーデを守るように立つ。

イオリも懐の短銃を確認した。火縄は取り付けていないが、弾と火薬は装填している。

（待ち伏せに気づいたか。……まあ気づくだろうな）

イオリの胸中を代弁するように、ヨシュアがぽつりと言う。

「なんて雑な落とし穴なんだ。隠す気あるのかよ」

道に落とし穴らしきものが仕掛けられていることは、イオリも気づいていた。

土の色が違うだけでなく、御丁寧に枯れ草を積んで隠していた。「ここに何か隠していますよ」と言わんばかりの偽装だ。ヨシュアの指摘通り、あまりにも雑すぎる。

するとフリーデが言った。

「たぶんあれ、本物の落とし穴じゃないよ」

（その通り）

イオリは無言でうなずき、フリーデは皆に説明する。

「私たちがあれに気づいて立ち止まってくれれば、それで目的は果たせるから」

（さすがはフリーデだ。私が見込んだだけのことはある）

少し誇らしい気分になると同時に、フリーデの優秀さを認めざるを得ないのが腹立たしい。自分でも何だか矛盾している気はする。

（いや、今はそんなことを考えている場合じゃない）

フリーデの読みは当たっている。「敵」はこちらを立ち止まらせることが目的だ。そして今、一行は立ち止まっている。

フリーデが叫んだ。

「来る！」

「うわぁっ!?」

悲鳴をあげているオコゲをフリーデが放り投げる。

オコゲを後ろの茂みに放り投げると、フリーデはとっさに身を屈めた。間髪入れず、見えない何かが彼女の後ろ髪を引っ掛けていく。

「いたたた!?」

「フリーデ！」

瞬時にシリンが抜刀し、何もない空間を切った。

「手応えあり！」

「にゃっ!?」

頭上から慌てたような声が聞こえる。やけに甲高いが子供の声ではない。猫人だ。

「この野郎！」

ヨシュアが躊躇《ちゅうちょ》なく変身し、恐ろしげな人狼の姿で吼える。

「ウオアアアァッ！」

「にゃーっ!?」

頭上で猫人たちの声がいくつも聞こえた。

「あ、思ったより多い。ねえオコゲさん、これって……あれ？」

フリーデは周囲を見回して首を傾げる。

「オコゲさんたちどこ？」

イオリは懐の火種筒から火縄を取り出しながら答える。

「彼らは別行動です」

「あ、あー……なるほど？」

なんとなくわかったような気がして、フリーデが苦笑する。

「もしかして私たちって囮《おとり》？」

シリンが会話を遮る。

「おしゃべりしてる余裕はないよ、フリーデ！　数が多い！」

「困りましたね。相手は可愛い猫人ですし、微妙にやりづらいような……」

イオリは火縄銃をいつでも撃てる状態にして、フリーデの背中をじっと見つめた。

（フリーデといえども猫人と戦うのは初めてのはずだ。見た目が愛くるしい猫人は、フリーデにとっては戦いづらい相手だろう。だが手加減して勝てる相手ではないぞ。どうする？）

するとフリーデは、まるでイオリの心の声が聞こえたかのようにニコッと笑った。

「大丈夫、全部やっつけるから！」

（やっつける？）

イオリが疑問を感じた瞬間、フリーデの姿が消えた。

「えっ!?」

上から木の葉がハラハラと落ちてきたので、フリーデが上に跳んだことはかろうじて推測できた。

(何をするつもり!?)

一方、フリーデの仲間たちは慣れた様子でそそくさと低く身構える。ユヒテがそっとイオリにささやいた。

「フリーデの大技が来ます。身を低くして」

「えっ!?　えっ!?」

何がなんだかわからないが、他の面々を見習って低く身構えた。

ほとんど同時に、上の方からフリーデの雄叫びが聞こえてきた。

「そうるうぅっ!　しぇいか――っ!」

「なっ、何!?」

腹の底まで響くような重い咆吼。

その瞬間、辺りの魔力が竜巻のように渦を巻いた。まだ予知術が使えないイオリにもわかるほどの、強力な魔力の渦だ。

可愛らしい声とは裏腹に、臓腑が地面にめり込むような衝撃を感じる。体内の魔力までもが激しく揺さぶられ、とても立っていられない。

(魔法!?)

観星衆は魔法の使い手も多いが、イオリには魔法戦の知識がない。とにかく必死に耐えるしかなかった。

一方、耐えきれなかった者たちもいたようだ。

「にゃ〜〜〜っ！」

あちこちから猫人がぼとぼとと落っこちてくる。ついでに投網や鉤縄がいくつか落ちてきた。どうやらあれで襲撃するつもりだったらしい。

（非力な猫人が人間相手に戦いを挑むのは無謀だから、投網で動きを封じるという訳か）

猫人たちが柔らかい草むらや茂みに墜落すると、すかさずシリンたちが得物を突きつけた。

「動くな」

「いわれなくとも……うごけにゃい……」

シリンたちはこれを予測していたかのように、てきぱきと彼らを拘束していく。

フリーデの咆吼は上空で炸裂したので、地上にいた者はみんな無事なようだ。イオリも問題なく動ける。

（あれが人狼の咆吼か。なるほど、恐ろしい威力だ）

人狼の咆吼には魔力があり、人も獣も恐怖で動けなくなると聞いたことがある。

「手際がいいですね」

イオリも縄で猫人たちを捕縛しながら不思議に思う。

するとユヒテがニコニコ笑いながら、さっきの葉を差し出した。

「これで密かにやり取りをしていましたから」

肉厚の葉には、ミラルディア語の走り書きで四人の筆談が刻まれていた。

『前方から猫人の匂い。たぶん木の上。多いよ。ソウルシェイカーでやっつけるね』

『僕たちを通過させて、前後から挟撃するつもりかも』

『捕まえるなら誘いに乗ってやる方がいいな』

『そうね。ソウルシェイカーにしましょう』


これを読んだイオリは内心で驚嘆する。

（いつの間に!?　私が襲撃を警戒していたせいか!?　葉に刻んである文字は気づかれにくいし、そもそもワの猫人はミラルディア語が読めない）

温室育ちの留学生たちだと油断していたイオリは、フリーデ以外の者たちについても認識を改める。彼らは皆、高度な教育を受けたエリートたちだ。

ユヒテは相変わらず微笑んだまま、さらに言う。

「人狼の咆吼は人や獣を恐怖で動けなくさせます。フリーデは父君譲りの技で、その範囲や対象をある程度選別できるのですよ」

「なるほど」

（確かに観星衆の資料で読んだことがある。黒狼卿ヴァイトの咆吼は敵だけを選んで殺すこともで

きるのだと）

その恐るべき咆吼を身に付けているのだとすれば、フリーデを武力で制するのは不可能だろう。百人で襲いかかっても百人分の死体が転がるだけだ。

（まさに怪物……）

イオリの視線の先では、フリーデがニコニコ笑いながら猫人たちを縛り上げている。

「こ、こんな可愛い俺たちを縛るのか……ニャ？」

「うん」

穏やかだが一切の容赦がないフリーデ。

「可愛い俺たちを縛って、可哀そうだとは思わないのか……ニャ？」

「思わないよ？」

「ワの人間ならともかく外国の人間がそんなはずない、ニャー！」

「そんなこと言われても」

てきぱきと縛り上げ、簡単には逃げられないように二人一組にして縄で連結するフリーデ。

（あんなに愛くるしい猫人相手にあの躊躇のなさ、やはり人狼だからなのか？）

イオリは自分が冷徹な忍びであると自負しているが、それは猫人相手でも平常心を保てるほどに自らを鍛え上げたからだ。オコゲたちのちょっとした仕草に「ふわあぁっ!?」などと心を掻き乱されていては、忍びなど務まらない。

猫人たちはまだ体が動かせないようで、縛られたまま小刻みにぷるぷる震えている。震えながらゴチャゴチャ文句を言っていた。

「そいつさっき変な吼え方してたぞ。人間じゃない」

「ずるいぞ、そんなヤツ連れてきて騙し討ちにするなんて」

「なんか鱗っぽい魔族もいるし、卑怯だぞ」

イオリは火縄銃をちらつかせながら溜息をつく。

「忍び崩れとはいえ、猫人が人狼や竜人に勝てる訳がないだろう。バカか？」

すると不意にフリーデが会話に交ざってきた。

「やっぱり忍び崩れなんだ？」

「うっ!?」

「猫人に隠密の訓練するの大変そうだし、もしかして逃げちゃった人たち？」

（地獄耳め……）

イオリは隠しても無駄だと思い、やけくそ気味に全部教える。

「そうです。オコゲ殿たち三人は例外で、ほとんどの見習いは途中でどこかに行ってしまいました。

そのため、観星衆では猫人を隠密にするのは諦めたそうです」

「そのオコゲさんたちはどこ？」

するとかなり遠くから「ドーン」という爆発音が響いてきた。

「あの辺でしょう」

「なんか燃えてるけど」

「たぶんこいつらの根城です」

イオリもよくわかっていなかったが、オコゲたちは猫人盗賊団の根城を急襲し、爆破かつ炎上させるのが目的だったようだ。

「見事に囮にされちゃったね」

あははとフリーデが笑うと、シリンが溜息をついた。

「笑ってる場合じゃないよ。他国の留学生を盗賊退治の囮に使うなんて無茶苦茶だ。外交ルートを通じて抗議しないと」

「そうだ！　無茶苦茶かつ抗議してやる！」

「誰？」

そう叫んだのはフリーデではない。ユヒテでもヨシュアでもなかった。

フリーデが振り向いたとき、茂みの向こうから新手の猫人が現れる。

「この悪逆非道の盗賊め！」

「こっちの台詞だよ」

シリンがフリーデをかばいながら溜息をつくが、もちろん猫人は聞いていない。

「こうなったらもう容赦しねえぞ！　くらえーっ！」

猫人が叫んだ瞬間、大きな打撃音と共に何かが茂みから飛んできた。

イオリは音だけで正体がわかった。

（『投網玉』だな。観星衆から試作品を盗んだか）

カタパルトで投げられるよう、秘密の巻き方で丸めた投網だ。空中でバッと広がり、遥か遠くの標的に覆い被さる……のだが、仕込みや発射に手間がかかる割に命中率が低く、実戦では一度も使われていない。

（人狼相手にあんなものが通用する訳がないだろうに）

やれやれと内心で溜息をついたイオリだが、すぐに妙なことに気づく。

（投網玉が開かない!?）

試作品のせいか、それとも管理がずさんだったのか。投網玉は丸まったまま放物線を描いて飛んでくる。頑丈な投網には重りの石がいくつもくくられており、子供ほどの重さがあった。

フリーデはというと、転がっている猫人たちを守ろうと走り出していた。もちろんしっかり身構えているが、あれは広がった投網を払い落とす体勢だ。

（投網玉が開かないと、フリーデが直撃を受ける！）

そのことに気づいた瞬間、イオリも駆け出していた。

「止まって！」

「え？」

叫んだ瞬間、あろうことか本当にフリーデが立ち止まってしまう。

投網玉は目の前だ。

「止まるな！　前！」

「どっ……」

たぶん「どっちなの!?」と言おうとしたのだろうが、そんな会話をしている暇はない。

「うおあああっ!」

イオリは駆け込んだ勢いのまま、フリーデを突き飛ばす。

そして目の前には、視界いっぱいの投網玉。

(これダメだ)

避けられない。体勢が崩れた今、防御もできない。直撃する。

死の予感が全身を氷柱のように貫くと、視界がフッと暗くなった。体がグルンとひっくり返る。

(痛くない?)

噂によると人は死ぬ瞬間、痛みを感じないという。死者は痛みを感じないからだと聞いた。どうやらその噂は本当だったらしい。

(ああ、情けない死に方しちゃったな……)

いろいろ心残りがあったような気はする。どうせならもう少しフリーデとも話をしてみたかった。

(そういえば、私はフリーデをかばって死んだことになるのか。少しは恩に着てよ、フリーデ)

フッと笑うが、どうも変だ。

(なんだか、あったかいな? 柔らかいし、いい匂いがする)

ここに至って、イオリはようやくひとつの可能性に気づく。

(死んでない?)

「うん、死んでないよ」

間近でフリーデの声がした。

「ひゃあぁ!?」

思わず変な声が出た。自分がこんな声を出すことに自分でも驚いたが、今はそれどころではない。

目を開けたら、イオリはフリーデに抱きかかえられていたのだ。

「イオリさん、大丈夫?」

「だだだだいじょば！　大丈夫！　大丈夫です！」

自分でも何を言ってるんだろうと思ったが、ふと嫌なことに気づく。

「どうして私が考えてることがわかったの……？」

「考えてるっていうか、ずっとしゃべってたでしょ？」

フリーデは笑うと、イオリをそっと立たせた。それから少し顔をしかめる。

「いててて」

「無茶苦茶だよ、フリーデ」

シリンがパチンと納刀しながら溜息をつく。

「イオリ殿に突き飛ばされたのに、その反動で跳んでイオリ殿を抱きかかえるなんて。人狼だからって物理法則を無視できる訳じゃないんだよ」

「いやいや無視はしてないし、その結果がこれでしょ」

フリーデの額から、ツーッと赤いものが滴り落ちた。血だ。

駆けつけたユヒテが珍しくうろたえている。

「頭もそうですけど、背中は大丈夫なんですか!? 直撃してましたよね!?」

「見た目は人間だけどほぼほぼ人狼だから、あれぐらいじゃ何ともないよ」

フリーデはそう言って笑うと、茂みの向こうに声をかけた。

「だから逃がさないよ?」

「にゃっ!?」

バキバキという破壊音と共に、茂みから猫人たちが転がり出てきた。茂みの向こうでは人狼化したヨシュアが、頑丈な投石器を力任せに叩き壊している。

「てめえら、よくもフリーデにケガをさせたな! ふざけやがってえええ!」

「にゃあああ!?」

猫人たちがガタガタ震えているところに、頭から流血しているフリーデが歩み寄る。

「降伏しないと、命の保証はしないよ?」

「でででできるもんならやってみろってんだ、ニャー!」

猫人たちはガタガタ震えながら精一杯強がってみせる。

「可愛い俺たちを殺せるもんか、だニャー!」

「あれ、もしかして私が猫人を殺せないと思ってる?」

フリーデが無造作に蹴ると、猫人たちの間に生えていた雑草がヒュパッと音を立てて消え失せた。

直後に雑草が舞い落ちてくる。

「ぬぁ?」

「今、なんか……？」

「切れてる！　草が切れてる！」

フリーデのキックは刀のような切れ味を誇り、猫人たちの優れた動体視力でも予備動作すら捕捉できない。

それに気づいたらしく、猫人たちが一斉にペタンと尻餅をついた。

「はひいいぃ!?」

「どう思う？」

にっこり微笑むフリーデの声は優しいが、頭から血を流していた。

猫人たちはブルブル震えながら平伏する。

「ごめんなさい！」

「降参します！」

「殺さないで！」

フリーデは頭から血をダラダラ流しながらにっこり笑った。

「大丈夫、任せて！」

イオリは呆然としながら、その光景を見つめる。

（魔族は強者に絶対服従。強者は弱者を殺さない。それが彼らの流儀、か）

一連のやり取りの中で、フリーデは強者としての凄みを存分に見せつけた。

猫人たちは自分たちの強みである「可愛さ」が通用しないことを知り、もはや勝ち目がないことを悟った。だから降伏したのだ。

（でも「殺さないで」という頼みは……）

それを言おうと思ったが、まずは助けてもらったお礼とフリーデの手当てが先だ。

しかし、そのどれもできなかった。

「フリーデ様、お見事にございます」

不意に低い声が聞こえたかと思うと、あちこちから覆面の男たちが姿を現した。黒ではなく、地面に溶け込む暗褐色の忍び装束を着ている。

「我らは観星衆。多聞院の命を受け、加勢のため参上いたしました。フリーデ様、御学友の皆様、ここから先は我らにお任せを」

この声にイオリは聞き覚えがあった。観星衆の組頭の一人だ。観星衆の幹部の多くは予知術を使う。

（どこかの時点でこうなることを予知し、手の者を急行させたのか……。それとも、最初からこうなることを見越していた？）

まだ見習いに過ぎないイオリにはわからない。

フリーデは観星衆の出現にもあまり驚いた様子はなく、ぺこりと頭を下げた。

「あ、お疲れ様です」

（大した胆力だ。でも人狼の嗅覚なら忍びが近づいてくれば気づくか）

つくづく超人的な少女だと思う。とても凡人の敵う相手ではない。

「よし、手配書と相違ないな。漏れはないか？」

「ございません。砦の残党は『三猫士』が捕らえた由」

「よし、連れていけ」

観星衆の組頭は部下たちに猫人たちの連行を命じた。

フリーデは猫人たちをチラリと見た後、組頭に質問する。

「あの人たち、これからどうなっちゃうんですか？」

「それは……」

組頭は一瞬、覆面越しにもわかるほどに渋い顔をした。

それから小さく咳払いをする。

「失礼、人狼族の方は匂いで嘘を見抜くのでござったな。……抜《ぬ》け忍《にん》には死を与えるのが、古来よりの掟でございます」

「にゃっ!?」

おとなしく連行されかけていた猫人たちが、ビクッと毛を逆立てた。

「ちょっと待ってくれ、だにゃーん！」

「ささ、山賊ぐらいで殺すのはあんまりだー！」

「俺たち別に誰も殺してないぞ!?」

「そうだそうだ！　投網で捕まえて、じたばたしてる間に金とか食料とか盗む程度だし！」

「漁みたいなもんだろ!?」

ニャーニャーミャーミャーと物凄い抗議が沸き起こるが、組頭が一喝する。

「黙れ！　貴様らの隠密の技、投網術ひとつ取っても観星衆で学んだものであろうが！　観星衆の技を私欲に用いれば死あるのみと教えたはずだ！」

「そんなこと覚えてる訳ないだろー！」

「そういうところだぞお前ら！」

組頭だけでなく他の忍者たちも怒鳴り出す。その気持ちはイオリにはよくわかる。

観星衆の者は厳しい鍛錬によって予知術を含む様々な技術を習得するが、それを私用には使えないのだ。

だから石垣や塀を飛び越えられるのに延々と回り道をしなければならないし、酔った暴漢に絡まれても逃げることしかできない。予知術をうまく使えば博打で大儲けできるだろうが、もちろん許されない。

それなのに猫人たちは観星衆の技で山賊をしていた。今すぐ八つ裂きにしてやりたいというのが彼らの本音だろう。

(正直、私もこいつらを殺してやりたい気分ではある。賓客であるフリーデにケガを負わせるなど許せないぞ)

とはいえ、さすがに隣国からの留学生の前で私的制裁をする訳にもいかない。相手は法と秩序を重んじるミラルディア評議会の次世代候補たちだ。

組頭はコホンと咳払いをしてから、親子ほども歳の離れたフリーデに恭しく申し上げる。

「お見苦しいところをお見せしてしまいました。この者たちは観星衆が責任を持って処断致しますゆえ、どうか御容赦を」

しかしフリーデは納得しない。

「ちょっ、ちょっと待ってください！　私、この人たちに『降伏しないのなら命の保証はしない』って言っちゃったんです！」

「それは別に問題ないでしょう。降伏しなければ殺す。降伏しても殺す。それだけにございます」

「いやいやいや!?」

フリーデは慌てて首を横に振ると、組頭に頭を下げた。

「私に何の権限もないのはわかってます。でも、この人たちの罪を軽くしてあげてください！」

「フリーデ・アインドルフ殿」

組頭の声は穏やかだったが、さっきまでとは全く違う凄みがあった。屈強な組頭は殺気にも似た威圧感を漂わせ、静かに問う。

「これはワの問題にござるぞ？」

「わかっています。でも私はこの人たちを捕まえた当事者です」

すかさずユヒテが助け船を出す。

「ミラルディアからの留学生がワの盗賊と戦って負傷したとなれば、何かと問題になります。公的な処理は避け、私的な問題とした方が良いかと」

「確かにユヒテ殿の仰る通りですな。我らにも落ち度はございます」

組頭が意外にあっさりと引き下がったので、イオリは「あれ？」と内心で首を傾げる。

観星衆の組頭ともなれば相当に弁が立つし、他国の事情にも通じている。国外での諜報活動が主任務だからだ。

イオリが不思議がっているうちに、組頭はフリーデに向き直る。

「しからばフリーデ殿、なにゆえ猫人たちの助命をお求めですかな？　理由をお聞かせ願いたい」

口調は穏やかだが、組頭の視線には子供相手とは思えないような真剣さがあった。イオリですら微かに恐怖を覚える。

しかしフリーデは普段通り、明るい口調で答える。

「殺すつもりで戦ってない人たちをむやみに殺すのは、戦の作法に反します」

「ふむ、道理でござるな」

組頭はうなずき、すぐさま質問を重ねる。

「しかし観星衆の掟を破ったことに関しては、どう思われる？　我らに許容せよと仰るか」

「うーん……」

するとユヒテがまた口を挟んだ。

「ミラルディアの人狼族には、自分に降伏した者をむやみに殺さないという掟があります」

「ほほう。それはまことでございますか、フリーデ殿？」

組頭の問いかけにフリーデがこくこくうなずく。

「そうです。そうです」

（怪しいぞ……）

フリーデのことがだんだんわかってきているイオリは、彼女の答えに疑問を抱く。どうも嘘っぽい。

しかしユヒテがにこにこ笑いながら機先を制してしまう。

「実際に危険を冒して戦ったのはフリーデたちですので、どうかミラルディア人狼への御配慮をお願いいたします」

「なるほど、そちらにも事情があるのですな」

（この組頭、こんなに物わかり良かったか……？）

何だか不気味に思えてくるイオリ。その気になればどうにでもできるはずなのに、やけにあっさり譲歩している気がする。

だが組頭は譲歩するばかりではなかった。彼はチラリとフリーデを見る。

「フリーデ様。もし我らがミラルディア人狼の掟に配慮せず、猫人たちを処刑するとしたらいかがなさいますか？」

「その場合、私にどうにかできるんですか？」

きょとんとした顔をするフリーデに、イオリは盛大にずっこけた。

（その気になれば観星衆全員とだって戦えるだろう!?　あの咆吼を使われたら、いくら観星衆でも防ぎようがない！）

同じことを思ったのか、シリンがぼそっとつぶやく。

「つまり『武力に訴えるつもりがあるのか？』って聞いておられるんだよ」

「いやそれはダメでしょ」

フリーデはあっさり否定した後、まっすぐな視線で組頭を見つめる。

「乱暴なことはしませんけど、ちょっとだけ邪魔はするかもしれません」

組頭はどことなく面白がっている様子で問う。

「ほう……具体的には？」

「やだなあ、言う訳ないじゃないですか」

あははと笑って手を振るフリーデ。

(この子の「ちょっとだけ」はシャレにならないぞ……)

イオリは背筋にひんやりとしたものを感じる。

それからフリーデはスッと真顔になる。

「それに私には、この猫人さんたちを殺させたくない理由がもうひとつあります」

「それは？」

組頭が問うと、フリーデは少しつかえながらもゆっくり説明した。

「私は『猫人族には協調性がないから、兵士や役人には向いてない』と聞いていました。でもそれはあくまでも一般論で、オコゲさんたちみたいな凄い人もいるんだと感心しました」

「我らの仲間をお褒めいただき、観星衆の一員として誇らしく思います」

フリーデは頭を掻きながら、こう続けた。

「そのオコゲさんたちのような逸材を見つけるために、観星衆は大勢の猫人さんを集めたんですよね？　だって、最初からオコゲさんたち三人だけを選んで声をかけるのは無理ですから」

「それはまあ、そうでござろうな。忍びの資質を見極めるには、実際にやらせてみるほかござらん」

組頭がうなずくと、フリーデは拳をぎゅっと握りしめて訴えかける。

「だとしたら、脱落した猫人さんたちも必要だったんです。選ばれなかった人、こぼれ落ちた人も同じぐらい大事なんだって、いつも父が……黒狼卿ヴァイトが言っています。千人に一人しかいない逸材を得るには、普通の人が千人必要なんだよって」

「なるほど、あの黒狼卿の教えですか。さすがは希代の英雄、言葉に重みがある」

いたく感心した様子で組頭が何度もうなずいている。

フリーデは猫人たちをちょっと振り返ってから、再び組頭に力強く訴えた。

「観星衆がオコゲさんたちを得るためには、この人たちの存在はどうしても必要でした。そういう意味では、観星衆はこの人たちに借りがあると思います」

「ふむ……。いささか奇妙な論法ですが、何となくそのような気もしますな……」

組頭が迷っている様子だ。

（なんかいつもと違うな……。でもこれなら、あと一押しでいけるか？）

そう思った瞬間、イオリの足は勝手に前に踏み出していた。

「組頭殿。私はフリーデ殿を助けようとして足を引っ張ってしまい、逆に助けられました。彼女の傷は私をかばってできたものです。観星衆が猫人たちに借りがあるように、私はフリーデ殿に借りがあります。どうかその点も御勘案を」

そう言ってイオリは組頭に一礼する。長の養女とはいえまだ見習い、本来なら任務中の組頭に軽々しく声をかけられる立場ではない。

しかし組頭はイオリの非礼を咎めなかった。

「それは我々も見ておりました。トキタカ様の御息女をお守りできなかったのは、我らのもうひとつの落ち度にございます。そういう意味でもフリーデ様は観星衆の恩人でしたな」

組頭は大きくうなずくと、サッと手を振った。

「この件、イオリ様の預かりと致す。退け！」

「おう！」

辺りに忍びたちの大きな声が響いたかと思うと、残響音が消えるより早く全員が姿を消した。

周囲を見回した後にイオリが視線を戻すと、組頭の姿も消え失せている。

（私に預ける？）

観星衆が全員いなくなったので、縛られている猫人たちは安堵の溜息と共に尻餅をつく。

「観星衆、行っちゃった？」

「た、助かったかな？」

「めちゃくちゃ怖かったぁ……」

しかしフリーデはスタスタと大木の一本に歩み寄り、真上を見上げる。

「組頭さん、これって処理はイオリさんに任せるってことですよね？」

「こらこら、おやめくだされ。鮮やかな引き際が台無しでござろう」

(あ、まだそこに隠れてるんだ……)

組頭クラスの隠密はさすがにイオリには見破れないのだが、フリーデには造作もないようだ。人狼の嗅覚から逃げられる人間はいない。

「まだいるの!?」

猫人たちが驚いて飛び上がったが、フリーデは笑顔でうなずく。

「うん、半分ぐらい残ってるよ。ですよね?」

「大変やりづらいのでござるが……」

迷惑そうな組頭の声。ただしその声がどこから聞こえているのか、イオリにはわからなかった。

声の距離感や反響具合が攪乱されている。高度な隠密の技なのだろう。

さすがは組頭というべきだが、それ以外の忍者が潜んでいることはイオリにも看破できた。

(確かに半分だけ残っている。残り半分は残務処理と報告に行ったか)

どうやら本当にイオリが後の任務を引き継ぐことになったらしい。

とりあえず一段落ついたので、イオリは忘れないうちにフリーデに礼を言う。

「あ、あの……さっきはありがとうございました。私のせいでフリーデ殿に傷を負わせてしまい、申し訳ありません」

「ううん、イオリさんのおかげで助かったよ!? ありがとう!」

フリーデはイオリの手をぎゅっと握ると、頭から血を流したまま笑う。

「私、あの投網の玉がバッと開くと思ってたから油断してたもん。イオリさんが警告してくれたから、そうじゃないってわかったんです。あのまま突っ込んでたら、おでこに当たってたかも」

（おでこに当たってた方がマシなのでは……）

後頭部に直撃をくらったフリーデを見つめながら、そう言えずに困り果てるイオリ。完全に足を引っ張ってしまった。

しかしフリーデは全く気にしていない様子でさらに言う。

「それにイオリさんが口添えしてくれたから、組頭さんもイオリさんに全部任せてくれたんだと思う。……そうですよね!?」

しばらく沈黙が続いた後、ぼそりと「さよう」と声がした。

すると茂みからスルリとオコゲたち三人が現れた。

「おいおい、組頭様が困ってるじゃないか」

「あ、オコゲさん。お帰りなさい」

「やあお疲れ様。いい手際だったらしいな」

ヒボシが軽く手を挙げて応えてから、捕まっている猫人たちをぐりぐりつつきながら笑う。

「聞いたけど、こいつらの命を助けてくれたんだろ？　同族として礼を言うぜ、ありがとうな」

「や、まだイオリさん次第だけどね」

自然とイオリに視線が集まったので、イオリはやや照れながら難しい顔をしてみせる。

「私に裁可の権限はありません。……けど父上には私から話を通しておきます」

組頭がイオリに任せた以上、イオリが困るような結果にはならないだろう。つまり猫人たちには穏便な沙汰が下されるはずだ。

「街の外での盗みは立証が難しいこともあり、ワでは重い罪を科しません。冤罪が横行しますから。さすがに殺人となれば話は別ですが、この山で消息を絶った旅人は報告されていません。だからまあ、観星衆さえ大目に見るのなら大丈夫でしょう」

早口でごにょごにょ説明するイオリ。

フリーデは嬉しそうだ。

「そうなんだ！　ありがとう、イオリさん！」

「べ、別にフリーデ殿のためにやった訳ではありません」

フリーデの笑顔につられて笑いそうになったイオリだが、何となくそれは恥ずかしくてわざと難しい顔をしてしまう。

しかしフリーデは頭から血を流したまま、にっこり笑う。

「えへへ、良かった」

そして笑いながら、パタリと倒れた。

「ちょっ、ちょっとフリーデ殿!?」

＊　　＊

「師匠、ではぼちぼち行きます」

俺は師匠に軽く手を振ると、準備しておいた強化術を使った。足裏がフワリと砂地から離れる。

「おっとっと」

今の俺には、体重とほぼ同じだけの力が上向きに働いている。実質的な体重はゼロ。これ以上軽くすると浮いてしまうので注意が必要だ。

「おいヴァイト、気をつけろよ？　マジで気をつけろよ？」

弟弟子の兎人、リュッコが心配そうに言う。兎人特有のストンピングは今日は封印だ。振動を発生させてしまう。

風紋砂漠の調査はかなり本格化していた。大魔王みずからが調査に乗り出したことが評議会を動かし、ミラルディアから一線級の技師や魔術師たちが派遣されることになったらしい。

リュッコはその第一陣だ。第二陣にはカイトも来るらしいので楽しみだ。

あいつは「魔術総監」なんて要職に就いてしまったせいで国外に出ることがほとんどなくなり、久々の国外出張になる。きっと喜んでくれるだろう。

俺は心配性の弟弟子を安心させるために笑ってみせる。

「砂虫はパーカーの体重ぐらいなら反応しない。捕食行動そのものがエネルギーを大量に消費するから、小さな動物は無視するんだ。リュッコなら真上を歩いても大丈夫だろう。そもそも待ち伏せ型の巨大砂虫は飛び出してこない」

「そういうこと心配してるんじゃねーんだよ！　鈍いなてめえは！」

じゃあ何が心配なんだよ。

するとリュッコを撫でながら師匠が苦笑する。

「リュッコは心優しいからのう。兄弟子の身を案じておるのじゃよ」

「ちちちちげーし！　そんなんじゃねーし！」

ムキになってじたばたしているので、どうやら図星らしい。まさか俺の身を心配されるとは思わなかった。

「俺なら大丈夫だ。砂虫なら前にも一度倒してるからな」

「だからそのお気楽さがあぶねーんだよ！　油断するなよ！」

「わかったわかった。はるばる応援に来てくれた弟弟子に、これ以上心労はかけないから」

ゴモヴィロア門下では武勇以外に取り柄のない俺だ。せめて戦いぐらいはそつなくこなしたい。

リュッコはまだ心配そうにくどくど言う。

「おい、通信機は持ったか？　ちゃんと作動してるか？　この間みたいに壊れてないか？」

「ああ、そういや通信機のことを忘れてたな」

即座にリュッコが耳をピーンと立てる。

「ほらみろ！　お前はすぐ連絡を忘れるからな！　そういうとこだぞ！」

「はいはい」

口やかましい弟弟子だなあ。

俺はポケットの中の板を取り出した。サイズと厚みはちょうど、前世のスマホに似ている。シックな木目調……というか、実際に木でできていた。

「これ、魔術紋を刻んだ鉄板と蓄魔鋼が入ってるんだよな？」

「おう、外側の板は魔力の絶縁と魔術紋の保護だ。クソ硬い鉄木でクソ頑丈に作ったから、お前みたいにクソ乱暴な使い手でもそうそう壊れねえだろ」

　なんか言葉に怨念がこもってるな。新装備を毎回壊してる俺が悪いんだけど。

「通信ってどれぐらいまで届く？」

「そんなもん大気中の魔力の機嫌次第に決まってんだろ！　ええと、ここの魔力は変にムラがあるからアレだな……。まあ普通の場所ならお前らの遠吠えと同じぐらいじゃね？」

　めちゃくちゃ大雑把な表現だけど、それなら数キロぐらいかな？　ずっと前にエレオラがロルムンドから持ち込んだ魔道具を改良したものだけど、通信距離はあまり延びていない。

「遠吠えと大差ないってのは残念だな……」

「魔術紋の改良は続けてるんだけどよ、手彫りだとデカくなりすぎるんだよな。拡大鏡でも見えないぐらい細かい魔術紋を彫る方法ってねえかな？」

　前世ならあったんだけど、この世界で実現するにはまだまだ時間が必要そうだ。

「帰ったら相談しよう。とりあえず行ってくる」

「おう、死ぬなよ？　絶対死ぬなよ？」

　ひどく心配そうなリュッコに、俺は笑いかける。

「大丈夫だ、この世に生まれてからまだ一度も死んだことはない」

「当たり前だっつーの、ははは」

前世では一度死んだけどな。

俺はリュッコに軽く手を振ると出発した。風に飛ばされないよう注意しながら、砂の上をトントンと飛んでいく。

まるで月面に着陸した宇宙飛行士みたいで面白いけど、この比喩を理解してくれる者はこの世界にはいない。

「さてと」

砂虫が潜んでいると思われる地点に到達した俺は、俺専用魔撃銃『襲牙』を地面に向けて構えた。攻撃前に通信装置で報告する。

『駆除実験を開始します』

『うむ』

上空でスタンバイしている師匠がうなずく。

俺が最初の光弾を砂地に放つと、その衝撃に砂虫が反応した。凄い勢いで砂が流れ落ちていき、巨大な空洞がぽっかりと口を開ける。

『壮観じゃのう』

師匠が上空で気楽なことを言っているが、真下では砂虫の凶悪な口がバクバクと動いている。無数の牙が俺を呑み込もうとしていた。あんまり気分のいい光景じゃない。

『やりますよ』

俺は『襲牙』をフルオートモードに切り替える。光弾が小さくなった代わりに、パパパパパと途切れることなく光弾が発射される。

並の魔術師ならこれだけで魔力が枯渇するところだが、俺が蓄えている魔力は人間の約千倍。準備体操にもならない。

そして今回、愛用の『襲牙』には特殊な機能が実装されていた。

「おお、浮いてきた……」

体重をほぼゼロにしている俺は、魔撃銃の反動でじわじわ上昇していく。

ホバリング状態で魔撃銃を掃射している俺。ＳＦアニメの機動兵器みたいで凄く格好いい。

『どうですか師匠！』

『うむ、リュッコの施した改造がうまくいっておるようじゃの。反動を抑えるのではなく、そのまま生かすことで滞空するとは考えたのう』

『あ、はい……』

褒めてほしかったのはそこじゃなくて、格好いいところなんですが……。やはり師匠には前世の男のロマンはわからないらしい。

俺はそっと溜息をつくが、その間に眼下の砂虫はズタズタになっていった。

大型の砂虫は砂にほとんど埋まっており、もう自由には動けない。上空から攻撃されても逃げることはできない。さらにすり鉢状の砂地の中心にいるので、身を隠す砂を集めるのにも苦労している。

もちろん隠れる猶予を与える気はないので、俺は全力で光弾を撃ち込んだ。

やがて砂虫の反応がなくなるが、この手の原始的な魔物は死後も反射でかなり動く。念入りに始末しておこう。

『もうよいぞ、ヴァイトよ』

砂虫の生命活動を監視していた師匠が合図したので、俺は射撃を終える。

眼下の怪物は完全に動きを止め、周囲の砂がサラサラと水のように窪みに流れ落ちていた。どうやら仕留めたようだ。

『じゃあ俺はみんなのところまで帰還しますね』

『うむ、お疲れ様じゃよ。では回収するかのう』

師匠が軽く指を動かすと、砂に覆われた巨体が轟音と共に引っ張り上げられる。相変わらず凄まじい魔力だ。

「うおお、すげえ！」

後方で待機していた人狼隊や砂漠の竜人、それにワの調査隊がどよめいている。

「あの巨体を念動の術だけで引きずり出すとは……」

「噂以上に凄まじい大魔術師だ。あれがミラルディアの大魔王か」

「さすがにあの副官殿が仕えただけのことはある」

それ順番が逆じゃない？　ていうか俺の恩師だよ？

色々言いたいことはあったが、師匠の作業の邪魔になるといけないので黙っておく。

師匠はと言えば、外野のどよめきなど完全に無視して砂虫の周囲を羽虫みたいに飛び回っている。

「ヴァイト殿、これはどれぐらい続くのでしょうか」

フミノが質問してきたので、俺は正直に答える。

「すまん、全くわからない。たぶん昼食を済ませている間には片付くと思うんだが」

「わかりました。では皆に休憩を取っていただきましょう」

「ありがとう」

俺は師匠を好きにさせておくことにして、塩漬け肉とドライフルーツで簡単な食事を摂ることにした。塩漬け肉は塩の味しかしないが、酷暑の砂漠では妙に美味く感じる。いくらでも入りそうだ。

フミノは忍者食の兵糧丸《ひょうろうがん》みたいなのをもそもそ食べていた。忍者好きの俺としては大変興味があるが、分けてくれとは言いにくい。

「フミノ殿、それはもしかして米粉や砂糖を練った保存食ですか？」

「ええ、観星衆の秘伝なのですが……なぜご存じなのです？」

しまった。これも罠か。

多聞院は俺が転生者であることを知っているので、こうしてときどき罠を仕掛けてくる。ずるいぞ。

「フミノ殿はご存じのはずだが」

「さて、どうでしょう」

フフフと笑うフミノ。どうやら単純に遊ばれているだけらしい。

ひとしきり笑った後、フミノは兵糧丸を一粒くれた。

「主な材料は餅米と蜂蜜、それに砂糖です。あとは香草や根菜など、生薬として用いられるものが入っております。これで飢えをしのぐというよりは、体調を整えるためのものですね。ほんのり甘いので疲れたときには重宝します」

なるほど、サプリメントか。甘い味付けはストレス解消にも良さそうだ。

口に入れてみると生姜と蜂蜜の味がする。素朴で懐かしい味だ。

「魔王軍でもこういうの作ってみようかな……」

「虫除けの生薬も入れないと、すぐに変な虫が湧きますよ」

「なるほど」

せめて缶詰か瓶詰でも作れたらいいんだけど、この世界は工業水準が低くて品質管理が安定しないんだよな。こういう長期のフィールドワークではいつも食事に泣かされる。

俺が兵糧丸の歯ごたえを楽しんでいると、フミノが不意に話題を変えた。

「ところでヴァイト殿、私はフリーデ殿のことが心配です」

「確かに心配だな」

俺は苦笑する。あの子のことだ、きっとワでいろいろやらかしていることだろう。

フミノは俺をチラリと見て、意外そうな顔をした。

「あまり心配されているようには見えませんね？」

「いやいや、心配しているぞ。多聞院や観星衆に迷惑をおかけしていないか、父親としても魔王の副官としても気がかりで」

　俺は軽く咳払いをする。兵糧丸が思ったより粉っぽい。

「しかしフミノ殿がここにおられるということは、それほど心配しなくても良いはずです。違いますか？」

「ええまあ、それはそうなのですが……。なぜそう思われるのですか？」

　フミノが不思議そうな顔をしているので、俺は言葉を選びつつこう答える。

「フミノ殿は観星衆のミラルディア担当官だ。観星衆や多聞院が親ミラルディア路線になれば、何かと都合がいい。つまり貴殿はフリーデの『味方』と言えるだろう」

　フミノが黙っているので、俺は苦笑しながら頭を掻く。

「そのフミノ殿がここにいるのは、フリーデのそばにいなくても問題がなさそうだからでしょう？」

「私がここにいるのは、長の命令にございます」

「そうでしょうな」

　俺がニヤリと笑ったので、フミノがハッとした顔をする。

「しまった……。今のはズルいですよ、ヴァイト殿？」

「ははは、申し訳ない」

　フミノが自分の意志でここにいるのか、それとも観星衆の長であるトキタカの指示なのか。

　俺には判断がつかなかったので、ちょっと誘導尋問させてもらった。なるほど、トキタカの判断はそうなんだな。

　フミノがジト目でこちらを見ているので、俺はちょっと焦りながら言い訳する。

「トキタカ殿は多聞院の中で観星衆の存在感を示したいはずだ。自惚れみたいになってしまうが、彼は俺との関係を重視しておられるだろう」

　ワは異世界から優れた人材を召喚することで、砂漠化していく国土を守り発展させてきた。異世界からの最後の転生者である俺は、多聞院にとって無視できない存在だ。

　それを見つけてきたのが観星衆だから、この功績は大きい。

「そのトキタカ殿が、貴殿を俺の方に差し向けた訳だ。フリーデの補佐をさせる必要はないと判断したことになる。だとすれば大丈夫なんだろう」

「そうですね。そう思いたいのですが」

　頬に手を当て、溜息をつくフミノ。何か心配そうな顔だ。

「何か懸念でも？」

「ええ……。トキタカ様のお考えが読めなくて」

　それは俺もわからなかったが、にっこり笑ってみせる。

「俺は自分の娘に自信を持っています。今頃、多聞院の評定衆はフリーデのあまりのフリーデっぷりに驚いていることでしょう」

「そのフリーデ殿っぷりが一番心配なのですけど……」

　フミノはますます憂い顔になるが、俺は何だかおかしくて笑ってしまった。

大人の都合なんか気にしなくていいんだぞ、フリーデ。

＊　＊

「多聞院評定」

観星衆の組頭が送った忍びが、多聞院の奥の間に控えていた。

「組頭よりの報告は以上にございます」

「うむ。迅速な報告、大儀であった。すまぬが組頭のもとに戻り、よろしく頼むと伝えてくれ」

「ははっ」

観星衆の長・トキタカは部下を見送り、居並ぶ評定衆に向き直る。

「いかがですかな、各々方」

「この期に及んで是非を問いなさるな」

評定衆の筆頭、タイラが苦笑する。彼はヴァイトとも面識がある一人だ。

「それにしてもミホシ殿もお人が悪い。フリーデ殿の実力を推し量るためとはいえ、ヴァイト殿が知ったら気を悪くなさいますぞ」

「とはいえ、さすがに御息女の力量を試させてくれとは頼めません。非礼にも程があります」

トキタカは冗談っぽく言って、軽く苦笑してみせる。

「それゆえ、あくまでもフリーデ殿の自発的な意志を尊重しました。フリーデ殿が猫人盗賊団に興味を持たねば、それまでのこと。他国の治安維持に関わる必要はないのですから、それで何の問題もありません」

「だが貴殿、そうは思っていなかったのであろう？」

「さよう。ヴァイト殿の御息女なら興味を持つと確信しておりました」

　トキタカの言葉に一同が溜息をつく。

「結局、ミホシ殿の御慧眼ということか」

「ミホシ殿はフリーデ殿がこのような結果を出されることも読んでおられたのですか？」

　するとトキタカは首を横に振る。

「まさか。結果がわかっているのなら確かめる必要はありますまい。ただ、猫人たちの助命を願うだろうとは思っておりました」

「見た目だけは良いですからな、あの怠け者たちは」

　評定衆の誰かがそう言い、軽く咳払いした。

「失礼。ミホシ家の家臣を侮辱してしまいました。どうかお許しを」

「いえ、そのような意図ではないことは存じております。お気になさらずに」

　評定衆たち為政者にとって、猫人族は政治上の厄介者だった。

　怠惰で自己中心的だが庶民に絶大な人気があり、おまけにミラルディア魔王軍は「魔族と人間の共存」を理念として掲げている。同盟国としては猫人族を排除しづらい。

トキタカは続ける。

「フリーデ殿は心優しい少女だと聞いておりましたので、猫人を見殺しにはできないでしょう。しかし黒狼卿の息女がワの治安維持に口を差し挟めば外交問題です。さすがに『可愛いから殺すな』とは申せますまい」

一同が呆れ返る。

「そこまでわかっていて、この企みを仕掛けたのですか!?」

「おいおい貴殿、性格が悪すぎるぞ」

「ミホシ殿を次期筆頭に推挙したのは失敗だったかな……」

そんな冗談にトキタカは苦笑で応じ、さらに続ける。

「フリーデ殿が猫人たちを屈服させること、そして彼らを助けようとすることまでは予想していました。しかしどのような方法で助けようとするのかが知りたかった」

「よく笑顔で言えるな」

「心底楽しそうだぞ」

評定衆のベテランたちは長年の付き合いなので、非公式の会合では割と言いたい放題だ。

脱線しかけた雰囲気を、筆頭のタイラがやんわりと引き締める。

「報告によると、フリーデ殿は学友たちの助力も得てうまく交渉したようですな」

「ええ。こちらもフリーデ殿を盗賊退治に連れ出した非がありますゆえ、誰かがそこを突いてくるだろうとは思っておりました。組頭たちには、そこを突かれたらフリーデ殿の『勝ち』だと申し伝えております」

猫人たちを本気で処罰するつもりなら、一留学生の懇願など多聞院は簡単に無視できる。だから
これはあくまでも、フリーデを試す実地試験だった。

トキタカは腕組みすると深々と溜息をつく。

「しかし、これはちょっとやりすぎです」

「貴殿が言うな、貴殿が」

「いえ、私の話ではありません。フリーデ殿ですよ」

額を押さえながらトキタカは苦笑いする。

「目付役のはずの我が娘が、役目を忘れてフリーデ殿を助けるとは予想外でした。いや、あのヴァイト殿の御息女に相応しい人たらしぶりですな」

「なんで嬉しそうなんですか」

「ミホシ殿の親馬鹿がまた始まりましたぞ」

「悩んでいるように見せかけて公務中に愛娘の話をするのをやめろ」

わはははと笑いながら、ヤジを飛ばす評定衆のベテランたち。

トキタカは軽く手を振り、真顔になって話を戻した。

「報告によれば我が娘だけでなく、捕らえた猫人たちの心も掌握した様子。敵対者をたちまち味方に取り込んでしまうこの手腕、紛れもなく黒狼卿の再来と言えましょう」

「うむ」

　スッと冷静な雰囲気に立ち返る評定衆。冷徹な統治者としての一面が再び現れる。

「黒狼卿ヴァイト殿の薫陶を最も強く受けたフリーデ殿が黒狼卿の再来ならば、ミラルディアは二人の黒狼卿を擁することになる」

「もともとヴァイト殿は後進の育成に力を入れておられる。フリーデ殿を見れば、ヴァイト殿に『黒狼卿』を再生産する力があるのは明らか」

「近年のヴァイト殿は国内の安定と後進の育成に尽力しており、国外にはほとんど出ておられぬ。されどヴァイト殿の育てた人材が外交の場に現れるのは時間の問題」

「その人材の一人であるフリーデ殿が、これほどの逸材となれば……」

　互いの発言を継いで、言葉が淀みなく流れ出す。一同の出した結論は一致していた。

「やはりミラルディア侮るべからず」

「いかにも」

　結論が出たので、トキタカは静かにうなずいた。

「では多聞院の総意として、フリーデ殿を懐柔する。それでよろしいな？」

「異議ございませぬ」

　全員がうなずいたので、大きな安堵の溜息をついたトキタカ。

　だがすぐに心配そうな顔をする。

「どうされた、ミホシ殿？」

「いえ……」

トキタカは額を押さえつつ、こう答えた。

「嫌な予感がしております」

＊　＊

フリーデが目を覚ましたのは、都の大通りだった。

「んにゃ？」

なんだか体がぐらぐら上下している。誰かに運ばれているようだ。

「ひかえーい、ひかえおろー！」

「頭が高ーい！」

猫人たちの声がみゃーみゃー聞こえてくる。しかも捕まえた盗賊団の声だ。

慌てて身を起こすと、とんでもないことになっていた。

「なにこれ!?」

フリーデはなんと、シリンと人狼形態のヨシュアが担いだ戸板に乗せられていた。

その周囲には捕まえたはずの猫人たちがうろちょろしており、通行人たちに向かって声を張り上げている。

「こちらにおわす御方を、あっ、どなたと、心得るぅ～！」

「いよっ、黒狼《こくろう》姫《き》！」

「ミラルディア一《いち》！」

てけてんつくつくと猫人たちが鐘や太鼓を鳴らすと、ワの人々が面白そうに集まってくる。

「なんだいこりゃ？　新しい芝居かい？」

「ちーがーうー！　ミラルディアの新しい英雄・フリーデ黒狼姫のお通りだよ、にゃ！」

「黒狼姫？　黒狼卿なら知ってるけど」

「この子はその黒狼卿の娘だよ」

「ほう、そいつはすげえな！」

通行人が目を輝かせると、さらに人だかりが増えてきた。

「黒狼卿の娘だって？」

「なんでも盗賊団を退治したんだとよ！」

「退治した盗賊団はどこだい？」

慌てて猫人たちがごまかす。

「あっ、盗賊団はもうやっつけました。ぜんぜんだいじょうぶです！」

「そうそう、もうメッチャクチャに吹っ飛ばしたから！　そこは気にしないで！」

「い、いやもうすごかったよねー！　片っ端から地面にめり込ませていってさ！」

苦し紛れに適当な嘘をつくと、通行人たちがさらに興奮する。

「ああ、そりゃそうだろうよ！　黒狼卿といえばヌエ退治の豪傑だもんな！」

「盗賊団なんか片手で軽くひねっちまうだろうさ！」

「あんな可愛らしい子がねえ……たまげたもんだ」

（なんかどんどん引っ込みがつかない感じになってきてる……）

フリーデは内心で焦りを感じたが、戸板で担がれて大通りを練り歩いているのでどうにもならない。逃げ場がなかった。

「ていうか、何でこんなことになってるの？」

思わずそう呟いたとき、不意に間近で声がする。

「気絶している間に街までお連れしたのです、フリーデ殿」

イオリだった。彼女は戸板の傍らを歩き、周囲を警戒している。

「猫人たちは私の権限で縄を解きました。『二度と盗みを働かない』と約束することが放免の条件です。次はありません」

厳しい表情でそう答えた後、イオリは溜息をつく。

「放免したらそのまま逃げるかと思ったのですが、なぜかついてきてしまいました」

「ほえー……」

フリーデが猫人たちを見回していると、三猫士のヒボシが戸板によじ登ってくる。

「猫人ってのは気まぐれだけど、味方を嗅ぎ分ける嗅覚はあるのさ。こいつらはあんたを信用した。で、くっついてりゃ何とかしてくれると思ってる」

「いい話っぽいと思ったけど違ってた!?」

したたかな猫人たちに呆れるフリーデ。うっかり情けをかけたせいで懐かれてしまったようだ。

しかしすぐに細かいことを気にしても仕方がないと考え直す。

「まあいいや」

「いいんですか」

「魔族ってそういうものだし」

強い者には絶対服従。強い者は責任を持つ。それが魔族の不文律だ。

魔王軍がひとつにまとまれたのも、この共通の不文律があったおかげだと父ヴァイトが話していた。

だからフリーデはそのまま、わっしょいわっしょいと戸板で運ばれていくことにした。

その後、フリーデは多聞院の用意した宿舎に運び込まれ、医師の診察を受ける。

「ふむ……」

簡単な探知魔法を使って診察した医師は、にっこり笑った。

「傷がもう塞がっております。内部にも損傷は確認できませんでした。人狼の方を診るのは初めてですので大丈夫かどうかはわかりませんが、まあ大丈夫でしょう」

「人間の医師は診断が適当だな……」

シリンが溜息をつくが、フリーデはやはり気にしていない。

「人狼は変身するときに体を作り替えることができるから、軽いケガはすぐに治っちゃうんだよ。私はずっと変身してる状態だから平気平気」

フリーデは濡れ手拭いで額をごしごし擦ると、残っていた血の跡を拭い去った。後頭部の傷口を撫でる。

「うん、何ともない」

「昔からフリーデは頑丈ね。羨ましいわ」

ユヒテがにこにこ笑って手拭いを預かったが、同時に笑顔で釘を刺す。

「ですけど、無茶はダメよ？」

「はい……」

ユヒテがじんわりと圧力をかけてきたので、おとなしくうなずくフリーデ。ユヒテが怒ると怖い。

その頃、抜け忍の猫人たちは座敷の片隅に集まり、車座になってにゃごにゃご相談していた。

「これからどうする？」

「大将のそばにいれば安心じゃない？」

（大将って私のことなのかな……）

人狼特有の聴覚で聞き取り、内心で嫌な顔をするフリーデ。さっきの「黒狼姫」ならまだいいが、「大将」と呼ばれて喜ぶ女の子はそうそういない。

猫人たちはさらに議論を重ねる。

「親方はミラルディアに帰っちゃうんだろ？　ついてくつもり？」

「いや無理だろ。多聞院の船に乗せてくれるとは思えないよ」

「じゃあどうする？　オヤブンがいないと不安だ。観星衆の気が変わったら捕まっちゃうかもしれないし」

「うーん、いざとなったら姐御に頼らずに風紋砂漠を越えて逃げるか」

勝手な呼称がどんどん出てくるので、フリーデは拳を小刻みに震わせる。

（親方とか、オヤブンとか、姐御とか、風紋砂漠とか！……ん？　風紋砂漠？　越える？）

不意に重要な単語が飛び出してきたので、フリーデは意識を集中させる。

だが猫人たちはあっさりと話題を変えてしまう。

「まあでも、砂虫いっぱいいて無理だし」

「暑いし寒いしカラカラだしなぁ」

「とりあえずなんか踊るか」

「だったら砂踊りにしよう」

よっこらしょと何人かが立ち上がり、うねうねと体をくねらせながら踊り始めた。

「あ、それ、きもんきも～ん！　かったたが～い！」

「きもんきも～ん！　かったたが～い！」

唐突に始まった変な踊りに、さすがのフリーデも唖然とする。

（なんなの？）

「牛も虎も怖くない～」

「それより怖い砂の蛇～」

尻尾まで総動員してくねくね踊る猫人たち。さらに両手を広げて、何かを撒く仕草をする。

どうやら砂虫、それも大型の砂虫をイメージしているらしいということは、フリーデにも何となくわかった。大型の砂虫は獲物を捕食するときに砂を噴き出すことがある。彼女には見覚えがあった。

「あの、それってもしかして……」

フリーデの問いかけにも、猫人たちは踊りに夢中で気づかない。

「あんずるにゃ～、あんずるにゃ～」

「山に登れば怖くない～」

「ちょいとじょーどを探してみれば～」

「ゆんでにゃー！　ゆんでにゃー！」

「砂のおぉ～、じょおおぉどを～見つけえぇたりいいぃ～い～」

フリーデだけでなく他の者たちもあっけに取られて見ていると、猫人たちは一仕事終えたような顔をしてぺたりと座り込んだ。

「いや、やっぱ砂踊りはいいね」

「アソン様直伝の九大踊りのひとつだけのことはあるな」

「踊ったらなんかどうでも良くなってきたな」

ごろごろ寝転がって居眠りを始めようとした猫人に、フリーデはガバッと食いついた。

「今のなに!?　教えて！」

「にゃっ!?」

猫人たちはびっくりして飛び上がったが、フリーデはそれどころではない。

「なんかすごく意味深だったよ!?　それにアソン様って、猫人族の恩人のアソン様でしょ!?」

「う、うん……。まあ、そうなんだけど」

猫人たちは顔を見合わせ、それからこう答える。

「アソン様は俺たちの御先祖様に、いろんなことを教えてくれたんだって」

「さっきの踊りもそのひとつで、猫人族に危機が迫ったときに救ってくれるという、それはそれはありがた～い踊りなんだよ」

「覚えてる集落と忘れちゃった集落があるから、みんながみんな知ってる訳じゃないけどね」

「うちの集落は全部忘れた」

にゃごにゃごしゃべる猫人たちに、フリーデはふんふんと熱心にうなずく。

「そうなんだ、面白いね」

「気楽なもんだな」

人間の姿に戻ったヨシュアが、握り飯をガツガツ食いながら呆れている。人狼に変身するだけで大量の魔力とカロリーを消耗するので、一暴れしたら豪快に食べるのが人狼という種族だ。

「踊って解決するんなら苦労しないだろ」

「全くだ。君とまた意見が一致するとは思わなかったよ」

シリンは湯気の立つ湯飲みを手にして首を横に振る。

しかしフリーデはそう思わなかった。

「解決するかもしれないよ？　ね、ユヒテ？」

「確かに古い伝承には何らかの知識が含まれていることが多いけど……」

　ユヒテは形の良い眉を寄せながら、少し困ったような顔をする。

「今の踊りの動きや歌詞に意味があるとは思えませんでした」

「でも、アソンって人は猫人族を凄く助けてくれたんでしょ？　それにとっても賢かったって聞いてるよ。そんな人が意味もない踊りをわざわざ教えるかな？」

　傍らでイオリが何か言いたそうにそわそわしているが、フリーデが「ん？」という感じで視線を向けると、サッと視線をそらしてしまった。

（何か言いたいみたいだけど、立場上言えないのかな？）

　イオリとのことはずっと気になっているが、今は猫人たちのことを考えるのが先だと思い直す。

彼らはフリーデに期待しているのだ。

「さっきの歌詞なんだけどさ、ワの古い言葉が使われてるんだよ」

　フリーデはリュックから羊皮紙とペンを取り出し、サラサラと書き出す。

「えーと、なんだっけ……」

　きもんきもん　かったたがい
（きもんきもん　かったたがい）
　牛も虎も怖くない

それより怖い砂の蛇
（あんずるにゃ　あんずるにゃ）
山に登れば怖くない
ちょいとじょーどを探してみれば
（ゆんでにゃ　ゆんでにゃ）
砂のじょーどを見つけたり

猫人たちにもう一度歌ってもらいながら、フリーデは歌詞を書き出した。

覗き込んだヨシュアが握り飯を追加で頬張る。もごもごと口を動かしながら、彼はうなずいた。

「うん、わからん」

「そう？」

フリーデは最初の行を指し示す。

「これ『鬼門《きもん》』と『方違《かたたが》え』のことだよね？」

「ああ、キモンは聞いたことがあるな。なんだっけ、悪い意味だったような……？」

ワ文化大好きのシリンが首を傾げるが、やがて首を横に振る。

「ダメだ、思い出せない。教えてくれないか、フリーデ？」

「うん。鬼門っていうのは北東の方角ね。不吉な方角らしいけど」

「なるほど。ではカタタガエというのは？」

するとフリーデはニコッと笑う。

「目的地が不吉な方角にあるときは、いったん別の方角に移動するの。目的地の方角をずらして、それから目的地に向かうっていう習慣だよ」

「そんな習慣は聞いたこともないけど、講義で習ったっけ？」

「ううん、お父さんから教えてもらっただけ」

フリーデは少し照れくさそうに頭を掻く。

「ワの古いおまじないなんだって。すっかり廃《すた》れちゃったみたいだけど」

「ヴァイト殿はそんなことまでご存じなんですか!?」

イオリが驚いたような声を上げ、それから慌てて口を閉ざす。

「な、何でもありません」

「いやあ、うちのお父さんってちょっとアレだから……」

父親が転生者であることは秘密なので、適当にごまかした。しかしこの言い方だと逆にまずいなと焦るフリーデ。

「ほら、千年ぐらい生きてるモヴィ……いやいや、大魔王陛下の弟子だから。珍しいことも意外と知ってるみたいだよ？」

「おじ上は本当に凄いなあ……」

シリンがうっとりしたように溜息をつき、それから表情を引き締める。

「それより話を続けよう。つまり北東の方向には行くなって解釈でいいのか？」

「どうかな、次の『牛も虎も怖くない』が何か引っかかるんだけど……」

首を傾げていると、イオリがとうとう我慢しきれなくなったように口を開いた。

「フリーデ殿、北東の方角は古いワ語で『ウシ・トラ』と言います」

「そうなの!? イオリさんって詳しいね！」

「いえ、観星衆では占星術や天文学を学びますので、方位を示す古い言葉が伝わっているのです。『タツ・ミ』とか」

早口でゴニョゴニョと言って、正座したまま器用にススス……と後退していくイオリ。

「ありがとう、イオリさん！」

「れ、礼には及びません」

これで疑問が解決したので、フリーデは胸を張る。

「二行目の意味がわかった。北東は怖くないって言ってるんだ。てことは、方違えの意味も違ってくるかな……」

少し混乱してきたところに、ユヒテがスッと入ってくる。

「三行目では『砂の蛇』……つまり砂虫を恐れていますので、これを避けるためにいったん別の方角に進路を取る、という意味ではないでしょうか?」

「ああ、なるほど。ユヒテって凄い！」

「凄いのはあなたですよ、フリーデ」

ニコニコしながらフリーデの頭を撫で回すユヒテ。何だかとても嬉しそうだ。

一方、それをイオリが凄い目で睨んでいる。理由はわからなかった。

フリーデはあまり考えないことにして、とりあえず先に進める。

「合いの手は『案ずるな』だと思うからいいとして、次は『山に登れば怖くない』かあ」

それにシリンが応じる。

「普通に考えれば、北東に進むと山があるんだろうね。どこが起点かわからないけど」

「踊りを最初に伝えた地点でしょうから、猫人たちの集落でしょうね。大まかな方位でしょうから、あまり厳密に考えなくても大丈夫なのでは」

ユヒテがそう言ったので、フリーデはふむふむとうなずいた。

「じゃあ北東に山があるんだね。地図を借りられないかな？」

「いや無理だろう。正確な地図は軍事機密だよ」

シリンが首を横に振り、イオリをチラリと見る。

「無理だよね？」

「さすがに私の一存では決めかねます」

イオリはそっけなく応じて、畳の上に置かれた歌詞の紙を拾う。それから筆でサラサラと何か書き始めた。

その動きにヨシュアが警戒感をにじませる。

「おい、何してるんだ？」

「ただの落書きです」

「おいおい」

ヨシュアが呆れている間に、イオリは「落書き」を終えた。

それを見たシリンが軽く溜息をつく。

「地図じゃないか」

しかしイオリは澄ました顔で応じた。

「落書きですよ。全く正確ではありませんし、軍事上の要衝などがいくつも抜け落ちています。ですので問題はないでしょう」

「ありがとう、イオリさん。でも本当に大丈夫？」

「もちろんです。観星衆は天文だけでなく地理にも通じていなければなりません。国内の地図なら頭の中に入っています」

「あ、いや、そうじゃなくて」

フリーデは手を振って少し心配そうに問う。

「私たちに協力して怒られたりしない？　イオリさん、何か役目があって私たちに同行してるんでしょ？」

「そ……のような、ことは」

急にしゃべり方がぎこちなくなるイオリ。すかさずフリーデの嗅覚が冴え渡る。

「あの、ごめん。嘘ついたらわかるから……。嘘つこうとするだけでもわかるし」

「だったら確認を取らないでください」

ふくれっ面をするイオリ。

それを見たヨシュアとユヒテがヒソヒソ話をする。

「なんだかだんだん表情豊かになってきたな、この子」

「フリーデと親しくなると、みんなこうなるんですよ。私もそうでした」

「あ、そうなのか。ていうか嬉しそうだなユヒテ」

「いえいえ」

丸聞こえなのか、イオリがうつむいてどんどん小さくなっていく。恥ずかしいらしい。

フリーデはイオリが描いてくれた地図を覗き込む。

「都の北東側に山脈があって、西に延びてるんだね」

「はい。砂漠越えで他国が侵攻してきたときには、この山脈が後背の守りになります。ただ山脈越えのルートがありますので、そこは……」

さすがに教えられないという雰囲気を漂わせたイオリに、フリーデは明るく応じる。

「あ、それは大丈夫！　それよりも次の行なんだけど、『じょーど』って何のことかな？」

「死者の安息の地のことでしょう。ワには静月教が伝来していますが、かなり形が変わっています。そのひとつが死後の楽園『ジョード』です」

「あっそうか、『浄土』か」

フリーデはまた、父との会話を思い出す。昔のワには父と同じ世界から来た転生者や転移者がいて、様々な知識や文化を伝えたという。

「ええと、浄土といえば『西方浄土』だから……、西の方角だよね」

イオリが絶句し、それからかろうじてこう言った。

「そうですけど、そんなことまで知ってるんですか……？」

「お父さんが教えてくれたから」

当たり前のように答えると、イオリがまた絶句する。

シリンが深くうなずいた。

「やっぱりおじ上は本当に博識だなあ。武人としても天下無双なのに、学問も天下第一だからね。父上も伯父上も惚れ込む訳だ」

「で、西がどうしたっていうんだよ？」

ヨシュアが先を急かすので、フリーデは少し考えながら答える。

「浄土を探すなら西の方角になるから、山脈伝いに西を目指すんだと思う。ほら、『方違え』だから方向転換しないと」

「ああ、なるほどな。そっち方向から砂漠に入ればいいってことか」

ヨシュアがうなずき、歌詞の次の行を指差す。

「じゃあ、ユンデニャって何だ？」

「『弓手《ゆんで》』のことだと思うな。弓を握る手、つまり左手！」

フリーデは左手を握ったり開いたりすると、シリンが興味ありげに聞いてくる。

「もしかしてそれも、おじ上から教えてもらったのかな？」

「ああ、うん。お父さんと『最後がデで終わる言葉探し』をやったときに」

「何やってんの」

「なんでだろ。私の名前がフリーデだからかな？」

こうして考えてみると、知らないうちにずいぶんいろんなことを教えてもらっている。改めて父の影響力を実感するフリーデだった。

「まあいいや、とにかく左ね。ほら、北東から西に向かうのって左に方向転換するでしょ？　あ、厳密には北西かな？」

「それで合ってると思うよ。イオリ殿の描いてくれた山脈、北西方向に軽く湾曲してるから」

シリンがうなずき、ユヒテが最後の行を示す。

「そして『砂の浄土を見つけたり』という訳ですね」

「うん。わざわざ『砂の浄土』って言ってるから、砂漠の中に何かあるんだと思う」

フリーデはそう言うと、一同を見回した。

「都の北東にある山脈に行って、そこから西に向かう。その先の砂漠には何かがあるんだよ。どう、ワクワクしない？」

その場にいる全員が力強くうなずいた。

＊　＊

「イオリの記」

宿舎の中庭で、猫人たちがヒソヒソ話をしている。

「やっぱりフリーデ様は頼りになるな」

「アソン様の教え通りだな」

イオリは屋根からふわりと着地した。

「やっぱりそういうことか」

「わわっ!?」

猫人たちが尻餅をついて慌てる中、イオリは懐から火縄銃を抜いた。

「フリーデ殿を利用するつもりなら、この場で死んでもらうぞ」

「待って待って！」

「利用するとかじゃなくて、アソン様の教えなの！」

猫人たちは後ずさりしながら必死に釈明する。

「俺たちの御先祖様が『本当に信用できる人間と知り合ったら、この踊りを見せなさい』って言われたらしいんだよ！」

「どういうことだ？」

イオリは少し考えて、ハッと気づいた。

「そうか……なるほどな。お前ら猫人は怠惰だから、重要な情報を文書に残して後世に伝えるような真似はしない。だからアソン様は踊りとして伝えて、情報の解読は後世の人間に託したんだ。そうだな？」

「たたたたぶんそう！　きっとそう！　だから銃しまってくれ！」

「なんでそんなに怒ってるんだよ!?　あんた関係ないだろ!?」

猫人にそう言われて、イオリは思わず早口で言い返す。

「フリーデ殿はミラルディアからの国賓だぞ、貴様らの勝手にさせてたまるか！」

猫人たちは顔を見合わせ、それから首を傾げる。

「本当にそれだけ？」

「それだけに決まっているだろう。まあいい、今回だけは大目に見てやろう。お前らを殺すとフリーデ殿が悲しむからな」

ぷんすか怒りながら火縄銃をしまうイオリ。もともと火縄は付けていないので、発砲する気はなかった。

それからふと疑問を抱く。

（本当にそれだけだよな？）

自分でもちょっとわからなかったが、とりあえず長であるトキタカに報告に行くことにした。

ミホシ家の屋敷に帰り、イオリは一部始終の報告をする。

「そのような次第で、猫人たちの踊りにはアソン様の知恵が隠されていました」

トキタカは饅頭の小皿をイオリに勧めつつ、しみじみとつぶやく。

「『水筒から軍馬が飛び出す』という古い言葉があるが、まさにこのようなことを言うのだろうな。多聞院は猫人たちと長年接してきたというのに、驚くほかはない」

養父の指摘にイオリは改めて気づかされる。

トキタカは言葉を続けた。

「多聞院なら『砂踊り』の歌詞ぐらいはすぐに読み解ける。そして多聞院は『砂踊り』の歌詞を知る猫人たちを長年雇用していた。しかし謎が解き明かされることはなかった」

そして深い溜息をもらすトキタカ。

「なぜなら猫人たちは我々に『砂踊り』を決して見せなかったからだ。つまり信用されていなかったことになる」

「言われてみれば、父上の仰る通りですね」

イオリは三猫士のオコゲたちとは幼い頃からの付き合いだが、やはりそんな踊りは見せてもらったことがない。

トキタカはイオリの言葉にうなずいてみせた。

「そうだな。おそらくフリーデ殿が現れなければ、今後も存在すら知られぬ謎のままだっただろう。これがフリーデ殿の……いや、あの親子の恐ろしいところだ」

「フリーデ殿はわかりますが、ヴァイト殿が何か関係あるのですか？」

「あるとも。ヴァイト殿は調略の名手だ。どこに行こうが敵対者の中から味方を見つけてしまう。

その気になれば相手を一方的に蹂躙《じゅうりん》できる力を持つが、常に相手の立場に立って物を考える。だからこそ相手も恩義を感じ、彼に心を寄せるのだ」

あまり口数が多くないトキタカが、今日はやけにおしゃべりだ。心なしか楽しそうでもある。

「こちらの立場をよくわかって尊重してくれるので、味方としてはこの上なく頼もしいのだがな。ただ、このように我らの知らぬところで果実を手に入れてしまうので要注意だ。片時も目を離せぬ」

それを聞いたイオリはふと、あることに気づく。

「もしや、フミノ殿をヴァイト殿のもとに向かわせたのは……」

「さよう。ヴァイト殿が風紋砂漠の未踏地域にいる以上、何か重要な成果を手に入れる可能性が高い。そのとき一部始終を目撃し、多聞院に報告できる者が必要だ。フミノはヴァイト殿との付き合いが長く、深く信頼されている」

イオリは少し落胆する。フリーデのお目付役に選ばれたのは、てっきり自分の実力が評価されたからだと思っていたが、どうやらフミノにもっと重要な任務を与えるための代役だったらしい。

そんなイオリの雰囲気を察したのか、トキタカが苦笑する。

「あまり気に病むな。少なくともお前にはフリーデ殿のお目付役が務まる。私がそう判断したから、その任を与えたのだ。そしてお前はそれを立派に果たしている」

「はい、ありがとうございます……」

「それでフリーデ殿は今後、どうするつもりかな？」

養父の問いにイオリは顔を上げる。

「猫人の抜け忍たちを率いて風紋砂漠に踏み込むつもりのようです。そのため、国内での行動を多聞院に許可してもらいたいとのことでした」

「なるほど。それでお前が私に話を通しに来た、ということだな？」

イオリは一瞬、言葉に詰まる。図星だったからだ。

「け、決して頼まれた訳ではありませんが」

「ではお前が自発的に協力を申し出たことになるが」

「ええと……」

まさにその通りだったので、イオリはそわそわする。トキタカは少々の失敗でいちいち咎めるような人ではないが、イオリは何となく嫌な気配を感じた。

案の定、トキタカは渋い顔をする。

「よく考えてみなさい。『砂踊り』の歌詞が示すのは、ワの北西側から風紋砂漠に侵入する経路だ。逆に言えば風紋砂漠からワの領内に入れる道を示している。事実だった場合、ワは北西側からの侵入者に備えなければならぬ」

言われてみればその通りだ。うっかりしていた。

あくまでも穏やかにトキタカは言う。

「観星衆は様々な対外工作を行うが、それは全てワの安寧を守るため。風紋砂漠からワに侵入する経路が判明すれば、その調査は我らの責務となる」

「は、はい！　ですからフリーデ殿に調べてもらい、私がそれを見届けようと思いました！」

半分ぐらいは今思いついたことだが、イオリは勢いづいて言う。

しかしトキタカは首を横に振った。

「何がワにとって最も有益な選択肢か、落ち着いて考えなさい。いかに同盟国とはいえ、国防上の機密は安易に他国に渡せぬ。フリーデ殿を現地に行かせず、観星衆だけで調査を行うのが最も国益に適う。そうではないか？」

「それは、確かにそうですけど」

それじゃフリーデと一緒に探検ができない。せっかくワクワクしてきたところなのに、イオリは不満だった。それにフリーデが悲しそうな顔をするのが目に浮かび、想像するだけで胸が締め付けられる気がする。

するとトキタカが溜息をついた。

「そんな顔をしないでくれ。これでは私が非情な父親のようではないか。いや、違う。非情な上司か。これはあくまでも任務の話だからな」

コホンと咳払いし、トキタカは困ったように眉間にしわを寄せる。

「まあよい。どのみち得られた情報はミラルディアと共有した方がよかろう。風紋砂漠はいずれ消滅するとの報告もある。そうなればミラルディアとは国境を接することになるし、緊密な関係を構築せねばならぬ」

まるで自分に言い聞かせるようにつぶやくと、トキタカは重々しく告げる。

「イオリよ。新たな役目を与える。フリーデ殿の風紋砂漠調査に観星衆の一員として正式に協力し、その成果を記録せよ。これは『表』の任務だ」

「は、はい！」

非公式の秘密任務ではなく、公式の任務を与えられた。イオリの名が公文書に記録され、後世に残されることになる。

もちろん膨大な記録のほんの一行ではあるが、それでもイオリは奮い立った。

「誠心誠意、任務を全ういたします！」

「よろしい。では『三猫士』をお前の指揮下に置くこととする。他の観星衆も素性を隠し、裏方として随伴させる。遠慮無く頼るがよい」

「ははっ！」

あくまでも部下として恭しく一礼したが、頭を下げたまま首を傾げる。

やっぱり気になるので、少し顔を上げて聞いてみた。

「あの」

「なんだ」

「もしかして、その……私を心配しておられるのですか？」

ただの記録係に対してバックアップが手厚すぎる。自分が頼りないことは自覚しているが、それにしても手厚すぎた。

するとトキタカはまた咳払いし、視線をそらす。

「砂漠に旅立つ娘を心配せぬ父親がどこにいようか」

「ありがとうございます、父上」

どうやらイオリの養父は思ったよりも心配性らしい。

＊　＊

「いやあ、しかし楽しいな！」

俺は完成した魔力分布図を手にして、異世界の神秘にワクワクしていた。

「まさか巨大砂虫が地中の魔力濃度と密接な関係があるなんて！」

「これこれ、そうはしゃぐでない。まだ関連性があると認められた訳ではないからのう」

そう言う師匠も嬉しそうだ。

「地中の魔力が不均衡なのが気になっておったんじゃが、巨大砂虫が出てくる場所はどこも地中の魔力濃度が高くてのう」

みんなが俺たちを遠巻きに見ているが、今はそれどころではない。

「師匠、この魔力の分布は懐かしい形ですね！」

「うむ、あの『ドラウライトの秘宝』の魔力網にそっくりじゃな！　以前におぬしが指摘した通りじゃ。この形を数式で表した場合、ぴたりと一致する。大変に興味深いのう」

師匠と一緒に調査した魔力分布には一定の法則性があり、太い幹から枝分かれするように広がっていた。

　師匠は満足げにうなずく。

「最初は高魔力地点がまばらで、法則性が見いだせずにおったが……」

「観測地点が増えたらこの通りですね」

「さよう。ひとつひとつの点からは何も導き出せぬが、ある程度集まってくるとひとつの傾向を示すようになる」

　なんとなくこのまま講義が始まりそうな予感だ。

　フリーデが生まれてからは仕事と育児が忙しくて、師匠の講義をまともに受けていない。この十年ほどで師匠は多くの謎を解き明かしているので、久しぶりにゆっくり教えてもらいたい気分だ。

「そろそろ前進したいのですが、ヴァイト殿に何とか言ってもらえませんか？」

「いや、無理だろう。隊長の悪い癖が始まっちまったな」

「あいつ、まだ勉強する気かよ……」

「もうミラルディア屈指の学者なんだけどなあ」

　外野がうるさい。前世の研究者に比べたら俺なんかただの物好きだ。

「通常の砂虫と待ち伏せ型の巨大砂虫を腑分けしてみた感じ、両者は同種のようじゃ。巨大砂虫は成虫……いや変異体のように見えるのう。もともとはあやつらも砂中を這い、移動しておったとわしは考えておる」

「根拠は何ですか？」

「体内の各器官が一致しておること、巨大砂虫には本来必要のないはずの移動器官の痕跡があることなどじゃな」

「ふむふむ」

この世界では迷信と伝承が「正しい知識」とされがちだが、師匠は自ら研究して考察する。わからないことだらけだった異世界に、師匠の手で少しずつわかることが増えていく。

熱心に説明を聞いていると、外野のみんなが寄ってきた。人狼隊のメンバーがおそるおそるといった感じで話しかけてくる。

「あのー……」

「どうした？」

「さすがにそろそろ夕食にしませんか？」

さっき昼食を食べたばかりのはずだ。何を言ってるんだろうと思って周囲を見回して、俺は少しびっくりする。

気づいたらもう夕方になっていた。砂丘に夕陽が沈もうとしている。

俺は慌てて立ち上がる。

「いかん、夜営の準備だ」

「もうできてます。夕食の支度も」

「それは助かる」

結構話し込んでしまったらしい。砂漠での滞在時間は貴重だ。

「えー……あれだ。大魔王陛下の調査結果を説明しよう。もちろん、飯を食いながらだ」

砂漠の夜の冷え込みが急速に強まってくる中、俺たちは貴重な燃料で作ったシチューを食べる。

食べながらみんなに説明する。

「どうも砂漠のどこかから魔力が流れ出しているらしい。魔力がまるで根のように張り出していて、砂虫たちはその魔力を吸って巨大化したようだ」

本来の砂虫は砂中を潜行し、獲物を感知して奇襲をしかけるハンターのようだ。

しかしどうやら砂虫は魔力も感知できるらしく、魔力濃度の高い場所に寄ってきてそのまま居着いてしまったものがいる。

「そういう砂虫は魔力を吸ってぐんぐん巨大化し、最後には動けなくなった。仕方ないから待ち伏せ型の狩りに特化したようだな」

「ではその魔力の流出を断てば、あの巨大な砂虫はいなくなるということか？」

砂漠に住む砂鱗氏族の竜人が質問してきたので、俺はうなずく。

「魔力が枯渇すれば、さすがにあの巨体は維持できないだろうな。新たに巨大化する個体もいなくなるし、魔王軍が討伐していけばいずれ根絶できるだろう。もっとも、それが良いことなのかどうか……」

「ヴァイト殿、それはどういうことでしょうか？」

「あまりに多くの捕食者を狩ると、獲物になっていた生物が増え始める。そうなると自然の摂理が乱れることがあるんだ」

生態系を乱すことにもなりかねないので、もう少し調査はしておきたい。我々にとっては害獣でも、生態系の安定には必要だったりするからな。

するとシチューの熱エネルギーを器用に吸っていた師匠が、ふと口を挟む。

「さよう。わしの大樹海での研究も、それを証明しておる。特に魔力が絡むと複雑での。上位の魔物が保持しておった魔力が溢れ出し、食物連鎖の妙な部分で……」

「師匠、それはまたいずれ」

「おお、そうじゃな。とにかく魔力の源流をたどりつつ、道中の巨大砂虫を何とかして進むとしよう」

そう言って師匠はニコッと笑った。他人に聞かれないよう、小さな声でささやきかける。

「ヴァイトや、これもおぬしが前世から持ち込んだ知識や考え方のおかげじゃ」

「そうなんですか？」

「おぬしの知識は、元の世界の大勢の学者たちが積み重ねてきた知識の成果。知恵の大樹に実った果実じゃ。その果実の種がこの世界で芽吹き、少しずつ着実に育っておる。その種を蒔いたのはおぬしじゃよ」

「あんまり実感がありませんが」

俺が首を傾げていると、師匠は嬉しそうに言う。

「遺伝的多様性、潜性と顕性、収斂進化、淘汰圧……。生物学ひとつ取っても、おぬしがもたらした知識や概念は画期的じゃった。それに論理的な研究の手法もな。そういう意味では、おぬしはわしの師でもあるんじゃよ」

世界一の大賢者に褒められるとなんだかくすぐったい気分だ。

「俺が自分で研究したことじゃないですから、そう言われると恥ずかしいですよ」

「何を言う。知識は継承してこそ意味がある。そしておぬしは異世界より知識を持ち込み、わしや他の者に知識を継承させた。もちろんおぬしの子にもな」

「そっちはあんまり自信がないです」

「ははは、心配性じゃのう。フリーデは着実に前に進んでおる。案ずるな」

だといいんだけど。

*

*

「着実に前に進んでる気がするね」

フリーデは砂漠を歩きながら、楽しそうに言っている。イオリは少し同意しかねていたが、適当に相づちを打った。

「そうですね」

「さっき会った行商の人に水を分けてもらえたから、何とかなりそう。猫人と竜人は砂漠に強いから、人間と人狼の分の水は私が運ぶね」

フリーデは自分より大きな樽を担いで、やはり楽しそうだった。

（こんな場所に行商人がいるはずがないのに……）

どう考えても観星衆の手配した人員だったが、イオリは敢えて何も言わないことにする。密かに活躍している仲間たちを思えば、余計なことは言えない。

巨大な樽を運びながらフリーデは言う。

「ワの人ってみんな親切だよね。山脈の麓で会った農家の人も、昨日森で会った猟師のおじいさんも、いろいろ分けてくれたし。それにほら、いろんなことを教えてくれた」

（それも全部、観星衆の差し金だと思う）

ワの風土をよく知るイオリには、あんな辺鄙な場所に都合良く人がいるとは思えなかった。しかも全員、不自然なぐらいに親切だ。観星衆の意向が働いているとしか考えられない。

（おかげで道中、食料も水も潤沢に補給できたけど）

物資の調達に余計な時間を取られないのは大変助かるが、どうにも居心地が悪いイオリだった。

そしてイオリとフリーデの後を、ユヒテ、シリン、ヨシュアの三人が続き、さらに猫人の抜け忍と「三猫士」がついてくる。みんな砂漠を渡るために大きな荷物を背負い、日差しと寒さから身を守るためにフードつきのマントを羽織っている。

「重いなぁ」

「なんか体中、砂でジャキジャキする」

「あと暑い」

「日が暮れたら今度は寒くなるぞ、気をつけろ」

「それより砂虫は大丈夫かな？」

ぞろぞろニャーニャーとついてくる集団を振り返りつつ、イオリは内心で溜息をついた。

（いつになったら私は帰れるんだ？）

隣国の王女を……そう、フリーデはイオリの認識では間違いなく「魔王の娘」だ。その王女がワに滞在する間、監視して人物像を評価する。それがイオリの任務のはずだった。

それなのに。

（なんで私が砂漠を……）

イオリはワの山や森に慣れているが、砂漠は生まれて初めてだ。身を隠す場所もなく、木も水もない。砂と岩がどこまでも続く。荒涼という言葉がぴったりくる。

「癒されるね」

竜人のシリンが不意にそんなことを言うので、イオリは不思議に思った。

「癒される、ですか？」

「はい。竜人は鱗のおかげで乾燥に強いから、岩山や砂漠でも生きていけるんだ。僕たちにとって岩や砂は心和むものなんだよ」

「なるほど」

イオリには理解しがたい心情だったが、相手は魔族だしそういうこともあるのだろうと納得する。どうせ彼らは人間ではない。

するとヨシュアが後方から声を張り上げた。

「おい、ちょっと南にズレてる！　ちょい北！　右に進路を修正しろ！」

「あ、はーい！」

　フリーデが手を振る。

「よくわかるね、ヨシュア！」

　するとヨシュアが手を振り返した。

「後ろの山を見ろよ、さっきと形が違うだろ!?」

「あー、ほんとだ！」

「あの山脈は東西に延びてる！　山影が左右に広がって見えたら、進路がズレてるってことだぞ！」

「はーい、わかった！」

　フリーデがぶんぶん手を振り、ヨシュアは砂漠の風に負けないように大声を張り上げる。

「こういう目印のない場所だと、知らないうちに進路がズレて左か右にズレるからな！　ひどいときは同じ場所をぐるぐる回るから気をつけろ！」

「りょうかーい！」

　ヨシュアは雪と氷の帝国、ロルムンドで生まれ育った人狼だ。雪原を旅する要領で砂漠を歩いているのだろう。

（いい人材をそろえている……。もしかして、これが未来のフリーデ政権の幕僚になるのだろうか？）

　そんなことをちらりと思うイオリ。

軍事に詳しく、沈着冷静な剣士でもあるシリン。魔王軍最高幹部の息子だ。

人間社会や学問に通じており、輝陽教神官を務めるユヒテ。こちらはミラルディア輝陽教大神官の孫娘。

野外活動に長け、一騎当千の武勇を誇る人狼のヨシュア。同郷のロルムンド人狼たちは女帝エレオラの親衛隊だ。

(隙のない布陣だ。まさか最初からこうなるよう、黒狼卿が差配したのか？)

もちろんそれは誤解だが、そうとしか思えないほどにフリーデの学友たちは互いの得意分野でフリーデを支えていた。

(一人では少々危なっかしいフリーデでも、この三人と一緒だと安定感がある。なるほど、黒狼卿がワへの渡航を認めた訳だ)

猫人の盗賊団と戦ったときも、四人のチームワークは完璧だった。

イオリはといえば、逆に足を引っ張ってしまってフリーデに助けられる始末だ。おまけに彼女にケガをさせてしまった。

(うう……)

あのときの失態を思い出し、イオリは憂鬱な気持ちになる。

(次こそは観星衆の実力を示さないとな)

懐に忍ばせた火縄銃と撒《ま》き菱《びし》がイオリの得意武器だ。

撒き菱で敵の動きを止め、火縄銃で確実に急所を撃ち抜く。……はずである。実際には標的以外のものを撃ったことはないが、それでも技量には一定の自信があった。

（なんでもいいから敵のひとつも現れれば、私の武器が役に立つのだが……）

そんなことを考えながら歩いていると、不意にフリーデが立ち止まった。

「待って」

ほぼ同時にヨシュアも叫ぶ。

「何か変だ！」

シリンとイオリも身構える。

猫人たちも慌てて身構えたが、キョロキョロしている。

「なんだなんだ？」

「ヒボシ、なんかわかるか？」

「わかんねえよ。おいニジルはどうだ？」

「いや、ここ乾いてて調子が出ない……」

イオリも何が変なのかわからないままだったが、ヨシュアが叫んだ。

「足下だ！」

次の瞬間、周囲の砂が煙のように吹き上がった。間髪入れず、砂塵の中から何かが飛び出してくる。

「ギシャアアアァ――ッ！」

「うわぁっ!?」

イオリは思わず悲鳴をあげて尻餅をついてしまった。

（やられる!?）

死の予感に怯えるイオリだったが、飛び出した何かは頭上を飛び越えてフリーデへと襲いかかった。

巨大な蛇のようだが、鱗はない。芋虫かミミズの仲間に見えた。

（なんだあれは!?）

そいつの体長は畳三枚分もあり、人間でも丸呑みにできそうなほど大きな顎を持っている。

「砂虫だよ！　でも小さい！」

フリーデは叫びながら、身を翻して軽くステップする。たったそれだけで砂虫の飛びかかりをかわした。

（小さい!?　あれが!?）

「フリーデ！」

シリンたちが血相を変えて駆け出すが、砂虫はそのまま砂地に潜って消える。

「どこ!?　どこ行った!?」

「わかんないけど怖いいぃ！」

猫人たちが悲鳴をあげる中、イオリは火縄銃を慌てて構える。

（あ、足下!?　下から来るのか!?）

イオリは反射的に撒き菱をばらまいてみたが、よく考えたら全く無意味だ。

（いや、これどうやって踏むの!?　地中にいる敵は踏まないでしょ!?　何やってんの私!?　これは鉄砲しかない！）

火縄銃の火縄に点火していなかったことに気づいて、火種から慌てて点火する。これでいつでも撃てる。

しかし銃口を下に向けたとき、イオリはまたしてもハッと気づいた。

（真下に向けると玉が転がり落ちる！）

火縄銃に詰め込んだ鉛玉は固定されていない。真下は火縄銃が最も苦手とする角度だった。

（だいたい砂虫の急所なんてわからないし、どこに当てても一発で倒せるとは思えない……。もしかして私の武器、どれも役に立たないのか!?）

後は火薬玉ぐらいしか持っていないが、これは敵を驚かせるのが主な目的だ。殺傷力はさほどでもない。あんな巨大な怪物に通用するはずがなかった。

不安になったイオリは思わず叫んでしまう。

「フ、フリーデ殿!?」

「動かないで！」

フリーデはまるで地の中が見えているかのように、地面に目を走らせる。

「来る！」

フリーデが飛び退いた瞬間、ほとんど真下から砂虫が飛び出した。

「ギシャアアァッ！」

怪物は虚空に舞い上がると、すぐまた砂中に飛び込んで姿をくらます。

「こんなのどうやって戦えばいいんですか!?」

「大丈夫、大丈夫だから！　落ち着いて銃を下ろして、イオリさん！」

「はっ、はい!?」

自分が銃口を前に向けていたことに気づき、慌てて銃口を下に向けるイオリ。暴発したら味方に弾が当たりかねない。

するとフリーデはニコッと笑った。

「イオリさん、爆弾持ってたよね？　あれ準備してくれる？」

「ですが、明らかに威力不足です！」

「攻撃には使わないよ。でも爆発の振動なら、たぶん砂虫は『大きな獲物が歩いてるぞ』って勘違いすると思うんだ」

「あっ!?」

地中に潜む肉食動物の多くは、獲物の起こす振動を感知する。観星衆で教わった基礎知識だ。

(しまった、大事なことを忘れてた……)

落ち込みながらも手だけはてきぱきと動き、火薬玉の導火線に火種を近づける。

その間にフリーデは猫人たちにも指示を下していた。

「投網の準備して！　爆発したら、すぐに網を被せるの！」

「網大丈夫かな!?」

「少しぐらい破れても大丈夫！」

「わ、わかった！」

猫人たちは二人一組になって投網の投擲体勢に入る。非力な彼らも徒党を組むことで人間並みの投擲力を得られるのだ。

すかさずシリンが叫ぶ。

「イオリ殿、太陽を背に！」

「承知しました！　三つ数えたら爆発します！」

自分が適当に火薬玉を投げようとしていたことに気づき、イオリは慌てて太陽を背にする。飛び出した砂虫が太陽を背負っていたら、逆光が眩しくて戦えたものではない。

その間にヨシュアがユヒテを抱き上げていた。

「お前が狙われたらヤバいからな」

「ありがとうございます」

狙われたら危険なのは自分も同じだが、イオリは火薬玉の投擲に集中した。今度こそ失地回復の好機だ。

再び砂虫がフリーデを襲い、ジャンプしながら彼女は叫ぶ。

「イオリさん！」

「はいっ！」

砂虫が着地して砂に潜り込む間に、イオリは近くの砂に火薬玉を投げた。

「ひとつ！　ふたつ！　みっつ！」

次の瞬間、火薬玉は甲高い破裂音を響かせた。ほぼ同時に投網が幾つも放たれる。

「ギシャアァッ！」

砂の中から砂虫が飛び出し、投網に絡まりながら宙を舞う。獲物がいないので砂虫はまた着地するが、明らかに挙動がおかしい。砂の上をのたうっている。

「ギシイイィ!?」

どうやら絡まった網が邪魔で砂に潜れないようだ。

「やった!?」

好機とみてイオリは火縄銃を構えたが、どこを撃てばいいのかわからない。火縄銃の筒先が、うろうろと砂虫のあちこちを彷徨《さまよ》う。

しかしフリーデは違った。

「そこっ！」

懐から火縄銃に似た武器を抜くと、引き金を絞る。まばゆい光の束が砂塵を切り裂いた。

激しくのたうつ砂虫の胴体に光の束が命中し、爆発が生じた。砂虫の胴体が弾け、二つにちぎれる。

「ギャギイイィッ！」

「うわっとっとと!?」

激しく暴れる砂虫の頭側と尻尾側。頭側はまだ闘志を失っていないのか、ガチガチと牙を鳴らしながら砂の上を這いずってくる。狙いはやはりフリーデだ。

「させるかっ！」

イオリは砂地を蹴り、追いすがるように発砲した。命中率の低い火縄銃だが、イオリの腕ならこの距離は外さない。

しかし銃弾は砂虫に何らダメージを与えていないようだった。小さくても虫の類はしぶとい。これだけ大きければ一粒の鉛玉など全くの無意味だろう。イオリは歯噛みする。

「任せろ、俺がやる。こいつを頼む」

ヨシュアがイオリに向かって、ユヒテをポイと放り投げた。

「えっ!?　待って待って!?　うわあっ!?」

慌ててユヒテを受け止める。案外重い。

その間にヨシュアは人狼化し、砂虫の頭に強烈なタックルを見舞っていた。そのまま引き倒し、手当たり次第にメチャクチャに殴りつける。

「死ね死ね死ね死ね死ね死ね死ね死ね死ねええぇっ！」

大鎚のような人狼の拳が、信じられない鋭さで砂虫の柔らかい体に突き刺さる。ごつい拳骨が、まるで研ぎ澄まされた刃物のようだ。

さすがの砂虫も原形を止めないほど破壊されると、もう動けない。ピクピクと痙攣《けいれん》しつつ、砂の上に汚らしい体液をまき散らして絶命した……ようだ。

（人狼って怖い……あっ、砂虫の尻尾はどうなったの!?）

慌てて振り返ると、砂虫の尻尾側はシリンが三枚に下ろしていた。こちらは鮮やかな手際だ。

「竜人さん、凄いなー」

猫人たちに囲まれ、シリンは悠々と双刀を鞘に納める。

「人も魔物も動きを生むのは筋肉だ。でも筋肉は縮むことしかできないから、筋肉の繊維を断てば無力化される」

（筋肉の繊維……）

イオリは唖然とした。人と魔物の倒し方に共通点があるなど想像もしていなかった。

シリンは砂虫の死骸を見下ろし、うんうんとうなずく。

「さすがに縦に斬り裂けば動けないんだな。次はすり抜けざまに断ってみよう」

もう次の戦いのことを考えているが、考えてみれば新手がいつまた出現するかわからないのだ。これはシリンが正しい。

ユヒテが周囲を見回し、落ち着いた声で言う。

「もう大丈夫のようです。イオリさん、ありがとうございました」

「あ、いえ……」

おずおずとユヒテを砂の上にそっと下ろす。

よくわからないうちに戦闘は終わっていた。大きな砂虫は絶息し、もはや何の脅威でもない。ただ、死骸がモコモコと脈打つように蠢《うごめ》いているのが不気味ではあった。

「終わったの……ですか？」

「うん。もう大丈夫」

フリーデはそう言うと、魔撃銃をホルスターに納めて上着で隠した。

シリンがそれを見て言う。

「ロルムンドから帰ってきて、一段と使い勝手が良くなったね」

「技術交流のおかげ、かな？　リュッコさんが張り切っちゃって」

フリーデが笑う。今のイオリには、彼女のそんな笑顔すら遠く感じられた。

（また役に立てなかった……）

敵との戦いこそ、イオリが待ち望んでいた好機だった。忍びとしての彼女は、どちらかといえば戦闘を得意としている。

それなのに自分が最も得意な分野でさえ、まともに活躍できなかった。そのことがイオリの胸中に苦しく濁ったわだかまりとなって淀んでいた。

するとフリーデが不意にイオリにこう言う。

「イオリさん、あそこの砂丘に行かない？」

「え？」

フリーデは少し照れくさそうな顔をして、頭をぽりぽり掻く。

「みんなに休憩してもらうつもりだけど、他に砂虫がいないか見張っておきたいんだ。私一人じゃ不安だから、一緒にどうかな？」

そう言われたら、立場上断ることもできない。イオリはうなずいた。

「もちろんです」

巨大な砂丘の頂上に苦労して上がる。柔らかい砂地は足が沈むので、一歩踏み出すにもかなりの体力が必要だ。斜面は特に厳しい。

しかし頂上からの眺めは、その苦労に見合う壮大なものだった。

「うわぁ……」

フリーデが笑顔になり、ぐるりと一回転する。

「すごいね！　どこからどこまでも全部砂だよ！　あと空！」

「砂漠ですから」

「あっ、ワの山脈がよく見える！」

「砂丘の頂上ですから」

そっけなく応じるイオリ。

確かに景色は素晴らしい。ここには空と砂とフリーデしかいない。まるで誰もいない異世界に二人で来たようだ。

（だが私とフリーデの二人で異世界に行くことがあれば、私が足手まといになってしまうだけだ。フリーデは一人の方が生き残りやすいだろう）

それが情けなく、そして腹立たしい。「自分はいない方がマシ」だと思うと、悔しくて仕方がない。

するとフリーデは心配そうに問う。

「ねえ、イオリさん大丈夫？　さっきから落ち込んでるみたいだけど……」

「そんなことはありません」

表情や声には出ていないはずだ。こうみえてもれっきとした密偵である。

しかしフリーデは、あっさりとこう言う。

「でも、落ち込んでる人の匂いがするんだよね」

「また『匂い』ですか。勝手に人の匂いを嗅がないでください」

人は常に微量の汗をかいており、汗の匂いには種類があるらしい。人狼は人を狩る魔族だったので、人の匂いには敏感なのだという。

フリーデは心から申し訳なさそうに言う。

「ごめんね。目は閉じればいいんだけど、鼻は閉じられないから……」

「ぷふっ!?」

予想外すぎてちょっと面白かった。

イオリは笑い出しそうになるのを必死に堪え、あくまでも真面目な顔をする。

「た、確かに匂いは勝手に気づいてしまいますよね」

「うん。だからちょっと気になっちゃった」

フリーデは心底、イオリのことが心配なようだ。

「さっきの戦い、イオリさん大活躍だったでしょ？　それなのに何だか落ち込んでるみたいだったから、理由がわからなくて」

「大活躍なんかしてないからです」

イオリは砂漠の乾いた風に髪をさらわれながら、ほつれた前髪を整える。

「砂虫の倒し方を考えたのも、実際に倒したのもフリーデ殿です。私はただ、指示された通りに火薬玉を投げただけです」

しかしフリーデは激しくぶんぶん首を振る。

「そんなことないよ。火薬玉を持ち歩いてすぐに使えるようにしてたのも、絶対に失敗できない場面で確実に使いこなしてくれたのも、全部イオリさんだもの」

そう言われると悪い気はしないが、よく考えたら当たり前のことだ。

「『仕事道具』を確実に使いこなすのは当たり前のことです。経験が浅いとはいえ、一人前として任務を与えられているのですから」

そう否定した後、イオリは情けなさに唇を噛む。

「それに火薬玉にしても、フリーデ殿に言われるまで囮に使えることに気づかなかったんですよ。私は役立たずです」

するとフリーデは困ったような顔をしたが、イオリの顔を覗き込むように優しく言う。

「もしイオリさんがいなかったら、砂虫がどこから飛び出してくるかわからないまま戦い続けることになってたと思う。それでもイオリさんは役立たずかな？」

「火薬玉がひとつあれば、誰でも同じでしょう。火薬玉ならオコゲ殿も持っています」

「う、うーん……」

フリーデは困りきった様子だ。

(役立たずの私が、フリーデ殿を困らせている……)

そう思うと自分の未熟さが情けなく、イオリは砂の上に膝をついた。

「もういいんです。私には人狼のような強さはありませんし、生粋の観星衆のような冷静さもありません。つぎはぎだらけのできそこないです。そうお思いなのはわかっています」

「いや、そんなこと思ってない……」

フリーデがわたわたと手をさまよわせるが、それを見ているとイオリはますます自分が許せなくなってくる。

「盗賊団の猫人たちと戦ったときには、私が足を引っ張ったせいでフリーデ殿が気を失うほどの深手を負われました。無能の極みです」

「いやいや、あれはしょうがないってば」

「そんなことありません。私は役立たずなんです！　悔しいけど、あなたの役に立てないの！　ミホシの恥さらしなの！」

自分でも何を言っているのだろうと呆れたが、口からあふれる言葉が止まらない。

「だってしょうがないじゃないですか！　私は九歳まで娼館で雑用係をさせられていたんですよ！　賭博狂いの両親に売り飛ばされたんです！　顔も覚えてません！　お前みたいな役立たずはいらないって！」

「イ、イオリさん、どうしちゃったの!?」

「わかりません！　わかりませんけど聞いて！」

イオリはフリーデの肩をつかむ。

「私を買い取った人買いの一味は、遠いミラルディアという国で捕まったと聞きました！　黒狼卿ヴァイトの娘が、たった七歳で女の子たちを見つけ出したって！」

「うぇ!?」

変な悲鳴をあげているフリーデの肩をつかんで、イオリは叫ぶ。

「私は何も持ってない！　高貴な血筋も、親の愛情も！　何もないから必死で掻き集めて、あなたたちと同じふりをしてきたの！　だって今の私はミホシ家当主トキタカの養女だから！」

フリーデは引きつった顔をしていたが、抵抗もせずにイオリの顔をじっと見つめていた。

「イオリさん……」

「でももう無理です！　どんなに鍛錬したって、やっぱり貴族や人狼には勝てない！　持って生まれたものが違うんです！　私に期待しないで！」

信じられない話だが、イオリはぽろぽろ泣いていた。

「もう無理……無理だよ……だって私、平民の子だもん……どうせ人買いに売られた子だもん……」

うずくまってしまったイオリの背中を、柔らかく温かいものが包み込んでくれる。フリーデの手だ。

彼女はイオリの背中を撫でさすりながら、こう言ってきた。

「イオリさんは凄い人だよ。イオリさんの昔のことを私は全然知らない。でも今のイオリさんがどんな人かは少しわかった気がする」

　フリーデはイオリの肩に手を置き、静かに続ける。

「イオリさんは観星衆の一員として立派に働いてる。戦ったらすごく強いし、ミラルディア語だって上手だし、それにとっても美人で優しいと思うよ」

「そんなことない……」

「でも『私の中のイオリさん』はそうなの」

　フリーデの声は笑っていた。きっと今、彼女はとても優しい表情をしているのだろう。でも怖くて顔を上げられない。

　フリーデは優しい口調で続けた。

「私は普通の家に生まれて、普通に育てられて、何の苦労もせずにここまできたから」

（普通の家ではないと思う……）

　思わず内心でツッコミを入れるイオリ。母親が人間でありながら魔王で、父親は魔族最強の名将だ。そんな家が普通にあってたまるかと思う。

「イオリさんは私なんかよりずっと大変な思いをして、それでも今こうしてここにいる。私よりすごいよ」

「そうですか？」

「そうだよ！」

実感が湧かない。でも褒められると嬉しい。

「フリーデ殿はなんというか、褒め上手ですね」

「たくさん褒められたから、褒めるのは得意だよ」

フリーデは胸を張って笑う。

「お父さんがいつも言うんだよ。『人間に生まれたら人間として苦労して、人狼に生まれたら人狼として苦労する。お前は人間と人狼の間に生まれたから、その両方の苦労をするだろう。でもふたつの人生で苦労する分だけ、他者に優しくなれるはずだ』って。別にそんな苦労してないけどね」

しかしそのとき、イオリは気づかされた。

（人と魔族の間に生まれた子が、何の苦労もしてないはずがない……）

フリーデは人間の子だけど、人間にはない異能を持っている。

フリーデは人狼の子だけど、人狼には変身できない。

どちらの種族でもあるが、どちらの種族でもない。確認されている限り、半人狼は世界にただ一人しかいないのだ。

イオリの胸中に気づいていないのか、フリーデは楽しそうに続ける。

「どっちかっていうと、『ふたつの人生』で苦労したのはお父さんだと思……いや今のは忘れて」

「はい？」

黒狼卿ヴァイトは人狼の身でありながら、人間社会のルールを守って魔族を導いてきた。魔族と人間の両方の苦労をしているのは間違いないだろう。別におかしなことは言ってないと思う。

その割にはフリーデが焦っている様子なのが気になったが、フリーデとこうして二人きりで会話していることが心地よく、細かいことはどうでも良くなってくる。

　フリーデがワで出会った者はみんな、フリーデの味方になってしまった。フリーデがそうしようと思った訳でもないのに、猫人たちもイオリもこうして風紋砂漠までついてきている。不思議だった。

（結局、フリーデにはそれだけの器が備わっていたということか。それなのに私はこの子と出会ったとき、それを見抜けなかった）

　あのときにフリーデを「苦労知らずのお嬢様」だと勝手に決めつけたことを思い出し、イオリは顔が熱くなる。猛烈に恥ずかしい。ますます自分が許せなくなる。

　イオリは顔を上げ、フリーデの顔を見つめながら丁寧に謝罪した。

「フリーデ殿、申し訳ありません」

「えっ、なに？　なにが？」

　わたわたと慌てるフリーデ。予想外だったらしい。

　イオリは自らを罰するつもりで覚悟を決め、本音を口にする。

「私はずっと、あなたのことを苦労知らずのお嬢様だと思っていました。親の威光で楽をしている、無能な跡取りだとも」

「うん、半分ぐらい当たってるから大丈夫！」

　ガッツポーズをしてみせるフリーデ。全く気にしていないようだ。

イオリは激しく首を横に振る。

「それは違います！　あなたは本当に立派で……心から尊敬できる方です。あなたの凄さを見抜けなかった私が愚かだったんです。劣等感と思い込みで凝り固まり、目が曇っていました」

うなだれるイオリ。

「私はミホシの跡取り、観星衆の次期頭目となることを目指してきました。ですが、こんな有様では人を使う立場など無理です。父上を落胆させてしまうでしょう」

「そんなことないと思うけどなあ……」

フリーデは砂の上に腰を下ろし、目を閉じて軽くうなずく。

「うん、砂虫来ないね。私の方に来ると思ったんだけど」

「……どういうことですか？」

「さっき、砂虫は私ばっかり狙ってきたでしょ？　たぶん私の持ってる魔力に惹かれたんだと思う。他に理由が思いつかないし」

「確かに『一番おいしそうだから』ではないですよね」

イオリがフフッと笑うと、フリーデも笑う。

「イオリさんの冗談、初めて聞いたかも」

「いえ、冗談などでは」

ハッとして、思わず頬が熱くなる。そういえばイオリは冗談など滅多に言わない。自分でも珍しいなと驚く。

フリーデはにこにこしたまま、こう続けた。

「私が砂丘のてっぺんにいれば、他に砂虫がいればこっちに来ると思ったんだよ。私が襲われてる限り、みんなは安全でしょ？」

「そこまで考えていたんですか」

感心したイオリは、ふと首を傾げる。

「でも、私の安全は……？」

「イオリさんの火薬玉でおびき出せば、後は私の魔撃銃で仕留められるでしょ？　私たち二人がいれば何とかなると思うんだ。それにね……」

フリーデはちょっと照れくさそうに頭を掻く。

「イオリさんと一緒なら、何が起きても安心だから」

（うっ!?）

心臓に何かが突き刺さったような気持ちがして、イオリは絶句する。

（ダメだ……もう我慢できない）

イオリは砂地に膝を突くと、フリーデに向かって頭を垂れた。

「フリーデ殿。いえ、フリーデ様」

「えっ!?　な、何!?」

「このイオリ、フリーデ様にお仕えしとうございます。密偵でなくても、衛士でも侍女でも構いませんので、どうかミラルディアにお連れください」

「これ、どういう流れ!?」

あわあわと驚いているフリーデに、イオリはますます頭を下げる。

「どうせワにいても、私の才覚では父上を失望させるだけです。ミホシの家を継ぐことも無理でしょう。それならせめて、フリーデ様のお役に立ちたいのです」

「ちょっと待って。待とう。ね？」

フリーデはイオリの肩をつかむと、照れくさそうに笑う。

「気持ちは嬉しいよ。でも私、イオリさんとは友達になりたいな」

「友達!?　はい！　では親友で！」

「強い、勢いが強い」

フリーデが圧《お》されてのけぞり気味になるが、彼女は嬉しそうな顔をした。

「じゃあ今日からイオリさんは私の親友！　親友だから『様』も『殿』もナシ！　呼び捨てでお願いね、イオリさん！」

「わかりました……って、フリーデ殿も呼び捨てにしないとダメですよ」

するとフリーデは少しもじもじしつつ、上目遣いにイオリを見た。

「あ、じゃあ……イオリ？」

「なんですか、フリーデ？」

イオリは平静を装って答えたが、心臓が破裂するかと思った。

（うわ……うわうわ！）

たったこれだけの会話が、今までに経験したどんなことよりも刺激的で新鮮だった。

（砂漠の真ん中で二人でしゃべっているだけなのに、景色が色鮮やかになっていくようだ）

世界が変わっていくような感覚に、イオリは内心で震えた。

フリーデはにこにこしたまま、こう続ける。

「じゃあもうちょっと二人きりでおしゃべりしない？」

「もちろんです」

イオリは真顔でうなずいた。


それから二人は砂に腰を下ろし、いろんなことをしゃべった。

「観星衆が助けてくれたおかげで、私や他の子供たちは『出荷』を免れました。親元に戻れた子は良かったのですが、私の親は行方をくらましていまして」

「それでミホシ家の養女になったんだね」

フリーデはふむふむとうなずき、それからふと首を傾げた。

「そういえば前、うどんに嫌な思い出があるって言ってたよね？」

「よく覚えてましたね」

「あれって関係ある？」

イオリは小さく溜息をつき、それからうなずいた。

「観星衆に救出された後、温かいうどんを食べさせてもらったんです。夢中で食べた後、泣いてしまいました」

「なんで？」

「その……『うどん代が払えないから、また売られちゃう』と」

みっともない思い出だ。

しかしフリーデは笑うどころか、怖いぐらいに真面目な顔をしてイオリの手をきゅっと握った。

「大丈夫」

「なにがですか……」

「大丈夫だから」

うんうんと力強くうなずくフリーデ。うなずくだけでは飽き足らないのか、肩をぎゅっと抱きしめてきた。

「もう大丈夫だから」

「いや、それはわかってますから」

そう言ったものの、イオリは不思議な安堵感に包まれているのを感じていた。

（そうか、もう大丈夫なんだ……）

イオリの肩を抱いたまま、フリーデは真面目そのものの声で力強く言う。

「私もフミノさんも、オコゲさんたちも、それにたぶんトキタカ殿も、みんなイオリのことを大事に思ってるから」

「父上はどうでしょう。跡取りとして無能なら、また私を捨て……」

「それはない」

　フリーデは腕に力を込めて、強く抱きしめてきた。

「イオリのことをそんな風に思ってるのなら、ここまでイオリの好きにさせたりしないと思う。大切に思ってるから、逆に束縛しないんだよ」

「そうでしょうか？　大切に思っているのなら、手元に置いておきたいのでは？」

「そういう場合もあるけど、そうじゃない場合もあるんだよ。うちのお父さん、いつもそう言ってるもん。本当はずっと家にいてほしいけど、広い世界を好きなように見ておいでって」

（そういうものなのかな？）

　イオリには少し難しい話だったが、なにしろ「親友」のフリーデが言うことなので素直に信じることにする。

　フリーデは苦笑しながら、さらにこう言った。

「でもなんだかんだ言って、私が困らないように手を回してくれてるみたいなんだよね。ロルムンドに行ったときも、どこでもお父さんの知り合いに会って助けてもらったし」

「帝国にとって黒狼卿はオリガニア朝を打ち立てた陰の英雄でもあります。多数の知己がいて当然でしょう」

「そうかな？」

　黒狼卿の娘は、父の偉大さが今ひとつわかっていないようでもある。身近にいるせいだろうとイオリは思った。

（もしかすると、私もそうかもしれないな）

イオリはしばし、養父トキタカとの関係に思いをはせる。

それから親友のフリーデに、そっと悩みを打ち明けた。

「私も、父上のことは信じたいと思っています。私にはもう、親と呼べる人は他にいませんから。父上も私には優しくしてくれます。でも……」

イオリは「ふうっ」と大きく溜息をつく。

「本当は私のことをどう思っているのか、本心が見えてこないんですよ。不安になるんです」

「観星衆って密偵集団だもんね……」

「ええ。もうちょっと感情を表に出してくれたら、本心もわかるんですけど」

トキタカは国外で諜報を行う密偵たちの長だから、一見無意味そうに見える振る舞いにも全て意味がある。……と、イオリは思っている。

だから、トキタカがどれだけ優しく穏やかであっても、心の底でどんなことを考えているのかは謎だった。

「父上は本当に私に期待してくれているんだろうか……」

「私の出迎えをフミノさんからイオリに交代させたぐらいだし、結構期待してると思うけどなあ」

「だといいんですけど」

まだフリーデほどには信用できない養父だった。

フリーデも溜息をつく。

「イオリもお父さんが偉い人だから大変だよね。うちもお母さんが魔王だから怖くて……」

「どちらかというと父君の方が問題なのでは」

母親が魔王だったら確かに色々な意味で怖いと思うが、父親の方はあの伝説の黒狼卿である。勇者を倒し、行く先々で歴史を塗り替えていった地上最強の英雄だ。

フリーデはうなずく。

「うん。お父さん、自分のことを『評議会の下っぱ』って言ってたから、最初大変だったよ。ああいう嘘はよくないと思う」

「ヴァイト殿は華々しい戦歴とは対照的に謙虚な方だと聞いていますが、度が過ぎると周囲が困りますよね」

イオリの言葉にフリーデが力強くうなずく。

「そうなの！　本人の主観だと『幸運に恵まれて、周囲の人たちに助けられただけ』ってことになってるんだから！　信じられる!?　本物の戦神を一騎打ちで倒して、迷宮都市ザリアに迫った三千の軍勢も一人で追い返して、腐敗した元老院も倒して、三人の魔王を副官として補佐して、それからロルムンドで……あとクウォールもなんかいろいろ……」

指を折って数えているうちに訳がわからなくなってきたらしく、フリーデは数えるのをやめてしまった。黒狼卿は一人で英雄数十人分の働きをしているから無理もない。

「おかげで黒狼卿の子供ってだけで変な期待されるし、どこに行ってもお父さんの偉業だらけだし、ほんとやりづらい。少しぐらいがんばっても、お父さんと比較されたら霞んじゃうよ」

「英雄の子も大変なんですね……」

フリーデのことを羨ましく思っていたイオリだが、彼女の話を聞くと少しだけその苦労も理解できた。期待されすぎるのもなかなかしんどそうだ。

そんな会話をする二人の眼下では、ユヒテたちが休憩しながら何か相談している。

イオリの耳には会話は届かないが、きっとフリーデの聴覚なら捉えているだろう。人狼の五感は人間の微かな動きも決して逃さない。

「ところで……」

そろそろ出発した方がいいのではと言おうとして、イオリは地平線の辺りに微妙な違和感を覚えた。

(あの辺り、砂丘特有の曲線とは違う何かが……ダメだ、見えない)

「どしたの、イオリ？」

「西の方角、砂丘の向こうに何かがあるようです」

「私には何も見えないけど……」

望遠鏡を覗いたフリーデが首を横に振る。それから彼女はイオリに望遠鏡を手渡した。

「もしかしてイオリって目は良い方？」

「わかりませんけど、密偵として遠見の訓練は受けています」

受け取った望遠鏡で覗いたが、砂塵と蜃気楼が邪魔でよく見えない。ただ、確かにそこに何かがぼんやりと存在している。

するとフリーデがイオリの肩に手を置いた。

「強化魔法かけるね。目に痛みを感じたら教えて」

「えっ!?」

次の瞬間、レンズに丸く切り取られた視界が鮮明になった。

「あれは……」

* *

「魔術総監カイト」


俺は上着に袖を通しながら、軽く溜息をつく。

「風紋砂漠の調査なんて、後回しでいいと思うんだけどな」

「でも嬉しそうだよね？」

ラシィのヤツがそんなことを言うので、俺は小さく咳払いをする。

「まあ、ヴァイトさんの呼び出しなら嫌がる理由はないからな。それよりお前、なるべく休養を取れよ？　無理すると倒れるぞ」

「それはカイトの方じゃない？　私はほら、元気元気」

ラシィが屈伸してみせるので、俺は慌てる。

「だからそういうのが無理なんだって言ってるだろ!?　お前、懐妊してるんだからな!?」

「二度目だし平気だよ?」

「油断するな！　ライト、お前からも母さんに言ってやれ」

すると魔物図鑑を熱心に読んでいた息子が振り向き、あどけない顔をきりっとさせる。

「お母さんが無理してたら、僕が叱っておくから！」

「よし、母さんを頼む」

顔から性格から俺そっくりの息子をぐりぐりと撫で、俺は少し安堵する。こいつもまだまだ危なっかしいが、口うるささでは俺に負けていないから少しは頼りになる。

しかしラシィが嫌そうな顔をしている。

「ライトってあなたより厳しいから困るなぁ」

「お前が危なっかしいから、俺とライトで守ってるんだ。だろ?」

「うん！　僕は大きくなったらお母さんみたいな人と結婚するから、今のうちに慣れておく」

「いや、それは……」

いいのか?　苦労するぞ?　本当に苦労するぞ?……喉まで出かかった言葉をぐっと飲み込み、俺はうなずいた。

「いい覚悟だ。本当に大変だから今のうちに慣れておけ」

「二人ともひどくない?」

だいぶ大きくなってきたお腹をさすりながら、ラシィが溜息をついている。

「どうかこの子が私に似てますように……」

「妹なんだよね？」

　ライトがそう言うので、俺はうなずいた。

「探知魔法の精度も年々向上してるから、これぐらいになると胎児の性別は間違いなく識別できる。この子はお前の妹だ」

「お兄ちゃんになるから、僕がんばる」

　ライトが真剣な表情でうなずいたので、俺は息子の頭をまた撫でた。

「いい心がけだ。けど頑張りすぎるなよ。若い頃の俺みたいになるぞ」

「どういうこと？」

「そのうちわかるさ」

　俺はそう言うとリュックを背負った。

「さて、じゃあ行ってくる」

「気をつけてね、お父さん！」

　心配性の息子が早くも不安そうな顔をしているので、俺はヴァイトさんの真似をして笑ってみせた。

「大丈夫だよ。人狼隊のジェリクたちが一緒だ。砂虫だって蹴散らしてくれるさ」

　まあ大丈夫だろ。たぶん。

＊　＊

「わぁ……」

フリーデは感嘆の溜息を漏らし、それからこう言う。

「『砂上の楼閣』って言葉がワにあるらしいけど、これ砂上の砂の楼閣だよね。ていうか砂の城かな？」

フリーデの言葉通り、砂漠の中に砂の建造物がそびえ立っていた。砂を固めて作った壁が長く続いている。壁の向こうはよく見えない。

フリーデは髪にこびりつく砂を払いつつ、首を傾げた。

「これが猫人族の踊りにあった『砂の浄土』なのかな？」

「そんな良さそうなものには見えないけどなあ」

三猫士のオコゲがつぶやくと、盗賊団の猫人たちもうんうんとうなずいた。

シリンはユヒテを守るように立ちながら、周囲を警戒している。

「それにしても、誰がこんなものを？」

「砂を固めてる方法が謎ですね」

ユヒテが杖の先で壁を擦り、堅さを確かめる。

「日乾しレンガや土壁のようだけど、強く擦っても砂の粒が採れないわ。何か未知の方法で固めているみたいね」

その言葉にフリーデはふと思い出す。

「そういやユヒテのお父さんって建築家だったよね？」

「ええ、おかげで私も多少は知ってますけど。でもこんな建物を見るのは初めてよ」

「なるほど。あ、じゃあこうしてみよう」

フリーデは指先に精神を集中し、壁に触れてみた。

「あっ!?」

軽く触れただけなのに、砂の壁に大きな穴が開いた。崩れた壁はサラサラとした砂に戻る。

「砂を固めてるものの正体がわかったよ。魔力だ、これ」

「今のは!?」

イオリが驚いているので、フリーデはなるべくわかりやすく説明する。

「私は生まれつき、魔力を吸い寄せる体質があるの。魔力があったら吸い取るつもりで壁に触ったら、こんなんなっちゃった」

「魔力って建材にもなるんだな。で、誰が何でこんなことを？」

ヨシュアが首をひねるが、それはフリーデにもわからない。

「さあ……。わからないから確かめてみようか」

フリーデは壁の穴をぐりぐり拡張しながら、にこりと笑った。

壁に大穴を開けて、一行は内部に進入する。

「中も砂ばっかりだ」

「壁と通路しかないぞ」

「なにこれ迷路？」

「浄土って感じじゃないなあ……」

猫人たちがわいわいと騒いでいる。心なしか、みんな不安そうだ。

城壁の内部は切り立った高い壁だけで構成されていた。都市や城塞としての機能は確認できないので、迷路としか言いようがない。

さらに床には魔術紋が微かに明滅しており、魔術師が作った迷路であることは明らかだった。

イオリは火縄銃を構え、油断なく周囲をうかがう。フリーデを守るように立ち、ささやくように彼女に言った。

「こんな場所が浄土には見えません。ヒボシ殿に偵察してもらうのはどうでしょうか？」

「ああ、そりゃいいな」

三猫士のヒボシがうなずく。

「俺の特技は高所での隠密活動だ。こんな迷路、上から見下ろせば簡単さ」

「あ、じゃあお願いします」

フリーデがぺこりと頭を下げ、ヒボシがうんうんうなずく。

「では承った。おい自信のある抜け忍ども、三人ほどついてこい」

「命令すんな」

「そうだそうだ」

文句を言いながらも、猫人盗賊団の連中が三人ほど後に続く。

砂の迷宮は完全な無人で、偵察に出た猫人たちも首を傾げながら戻ってきた。

「どこもかしこも、ついさっきまで掃除してたみたいにピカピカだ。こういう場所って、普通は砂だらけなんだが……あ、いや砂だらけではあるか。とにかくキレイなのに誰もいないみたいだ」

ヒボシがそう報告し、他の猫人たちもうんうんとうなずいている。

フリーデは腕組みして少し考え込んだ。

「魔力で砂を固めるのは何かの魔法だと思う。でも魔法を使う魔術師にとって、魔力は大切な資源だからね。たぶん、魔力がその辺に散らばらないように砂で固めてるんじゃないかな？　ここの魔力、ものすごい量だよ」

その言葉にシリンがうなずいた。

「なるほど、砂を固めるために魔力を使っているのではなく、魔力を固めるために砂を使っているのか。だとすれば警戒が必要だね」

「なんで？」

猫人の抜け忍が問うと、シリンは当然のような口調で答えた。

「魔力は重要な資源だってフリーデが言っただろ？　何の意味もなく魔力を集積しているとは思えない。これを作った者にとって、ここは重要な拠点のはずだ」

すかさずイオリが申し出る。

「では私が先行して偵察します。フリーデを危険に曝す訳にはいきません」

「んー……」

フリーデは少し考えたが、首を横に振った。

「相手が魔術師だと、なるべくみんな私の近くにいた方がいいと思う。どんなに強い戦士でも、魔術に対しては無防備だから」

足下の砂の床をつま先でトントンとつつくフリーデ。

「魔法で作った迷宮なら、壁や床を自由に動かせると思う。でも魔力の動きで察知できるから、私のそばにいた方がいいよ」

「それは……危険ですね。この中で魔術の心得があるのはフリーデだけでしょうから、フリーデの指示に従いましょう」

ユヒテがそう言い、全員がうなずいた。

こうして一行はそろそろと探索を開始したが、上から眺めていたヒボシがこう言い出す。

「通路がワの都にそっくりだ。表大路から裏小路に至るまで、道の配置が完全に一致してるぞ。なんだこりゃ？」

「ワの都にそっくり？　ワの都……ワの浄土……」

フリーデはつぶやきながら、腕組みして考える。

「なるほど。ここが『砂の浄土』だとすると、たぶんとても大事な場所だよね？」

「そりゃそうよ、アソン様がわっざわざ私たちに伝え残したんだもの」

ニジルがそう答え、オコゲが後を継ぐ。

「凄い量の魔力があるんだよね？　僕たちには無意味でも、魔術師にとっては宝の山みたいなもんなんでしょ？」

「まあそうだね。こんなに魔力があっても使い切れないと思うけど。何千カイトあるのか想像もつかないよ」

平均的な人間の魔力保有量が一カイト。特異な才能を持つ人間やベテランの魔術師でも数カイトが限界だ。

ただし一カイトあれば魔撃銃が二～三発撃てる。数千カイトあれば一国の軍隊にも壊滅的な損害を与えられるだろう。

フリーデがそう説明すると、ユヒテが自分の考えを述べた。

「おそらく何か大きな計画によって作られた場所でしょうから、多聞院と評議会に報告するのが私たちの義務ではないでしょうか。いったん退くのが最善だと思います」

「そうだね。もし私たちがここで行方不明になっちゃったら、報告する人がいなくなっちゃう」

うなずきつつも、フリーデは少し悩む。

なぜかわからないが、まだ帰ってはいけない気がする。五感で捉えられない何か、論理が届かないどこかに、まだ何か大事なものが隠されている。そんな気がした。

（予感は予知魔法の大事な手がかりだって、ミーティ先生が言ってたっけ。予知魔法は使えないけど……）

とはいえ合理的に考えれば、ここは調査よりも報告を優先するべきだろう。

「よし」

フリーデは決断した。

「『三猫士』のみんなは帰国して、すぐに多聞院に報告して」

すぐさまヒボシがうなずいた。

「おう、そいつは助かる。もちろんイオリ殿も連れて帰るぜ？　なんせ長の大事な跡取りだ」

しかしイオリは即座に拒否した。

「私は残ります」

「おいおい!?」

「フリーデと共にここに残るのが、私の意志です」

イオリは断固とした口調で宣言した後、急に顔を赤らめ、もしょもしょと続ける。

「こ、この砂の迷宮が都に似ているのなら、都の地理に通じた者が必要でしょう」

「そうだね。ありがとう、イオリ」

「いえ……」

ますます赤くなるイオリ。

オコゲたちが頭の後ろで手を組みながら、やれやれといった感じで溜息をついた。

「あーあ、すっかりたらしこまれちゃった」

「長に何て報告すんだよ、これ」

「いいじゃない。イオリ殿には同年代の友達が必要なんだよ」

ニジルがそう言い、ニコッと笑ってみせる。

「じゃ、うちのお嬢をよろしくね」

「うん。責任をもってお預かりします」

フリーデは笑顔で応じる。


こうして観星衆の『三猫士』は離脱し、帰還することになった。

残った猫人は元盗賊団の十二人だ。フリーデは彼らを三人一組にして四方に送り出し、偵察をさせる。

「三人一組ですか」

イオリの言葉にフリーデはうなずいた。

「うん。観星衆の『三猫士』もそうだし、猫人族はチームを組ませた方がいいんだと思う。お父さんも人狼隊を四人一組にしてるし。三人なのは、たぶん人数が増えすぎると何もしなくなるから、かな?」

「猫人たちをよく観察していますね……」

「すぐに休憩するからね……」

顔を見合わせ、えへへと笑い合う二人。シリンたちもその後に続く。

「ずいぶん打ち解けたね、あの子」

「ええ、フリーデの人徳でしょう」

「とかなんとか言いながら嫉妬してるんだろ、ユヒテ？」

ヨシュアが悪戯《いたずら》っぽく言うと、ユヒテは苦笑してみせた。

「否定はできませんけれど、私一人の親友として独占しておけるほどフリーデは小さな器ではありませんから」

「ああ、そりゃそうだな」

そんな会話を背後に聞きつつ、照れくさくなって歩いていくフリーデ。

何か話題を変えようと、ここまでの調査でわかったことを軽くまとめてみることにする。

「ここって、ワの都によく似てるんだよね？」

「はい。道は完全に都と同じです。壁ばかりで建物がないのでわかりづらいですが」

するとユヒテが口を挟む。

「何か気になっていることがあるのね、フリーデ？」

「うん。ワの都は、街そのものが魔術紋になってる。それを再現してるってことは、ここは魔術的な構造物なんだと思う。実際、砂の中は魔力だらけだし」

フリーデはうなずいてから、「うーん」と唸る。

「でね、ワの都のことを考えてたんだ。あの街、いつも人の流れができてた。時間帯によって違うけど、大半の人が同じ方向に流れていくの」

「それが何か不思議なのかい？」

　シリンの問いにフリーデはこう答える。

「通行人はみんな、一カイトぐらいの魔力を持ってるから、例えば千人が同じ方向に歩くと千カイトの魔力が流れてる状態になるよ」

「よく知らないけど、千カイトって結構な魔力だよね」

「うん。この迷路そのものが魔術紋だとしたら、ここを歩けば魔力が流れて術が発動すると思う。ミラルディア大学魔術科が建築と魔術の融合も研究してて、ワの都も研究対象になってたから」

　するとヨシュアが肩をすくめる。

「こっちの砂の迷路には、人は一人もいないけどな」

「そう、そこがちょっと気になってる。でも魔力の流れは感じるよ。この迷路は生きている」

　イオリが何か思うところがある様子で、ぽつりとつぶやく。

「魔力の流れ、ですか」

「うん。それでね……」

　もう少し説明しようとしたとき、警戒中の猫人たちが声を発する。

「オヤブン、誰か来るよ！」

「人間の男っぽい！　一人だけ！」

「ワの古い格好してる！」

　すぐさまフリーデが問う。

「武装してる？」

「うん！　刀……いや太刀を吊ってる！　鎧は着てない！　荷物もなし！」

その言葉にフリーデは悩む。

「人間の匂い、ぜんぜんしないけどなあ……？　それに荷物を持ってないのは変だよね？　ここに住んでる人なのかな？」

すかさずシリンが助言する。

「敵味方がわからない以上、やり過ごすのも手だ」

ヨシュアが無責任な口調で言う。

「いっそ不意打ちで殴り倒しちまうか？　縛り上げてから尋問すりゃ楽だぞ」

「ロルムンド式すぎるだろ、それは」

「味方の救援が期待できないんだから用心深い方がいいだろ」

シリンとヨシュアがもめ始めたので、フリーデは即決した。

「とりあえず挨拶してみよっか」

「挨拶……」

二人が顔を見合わせている間に、フリーデは猫人たちが示す方向に歩いていく。

彼らの言葉通り、確かに一人の男が歩いていた。

年齢は三十歳ぐらい。立派な体格をしており、ワの貴族のような服装だ。印象としては多聞院の評定衆に近い。評定衆なら護衛や従者を連れているのが普通だが、こちらは一人だ。

向こうからもこちらは見えているはずだが、男は何の反応もせずに静かに歩いている。このままだと通り過ぎてしまう。

　フリーデは思い切って男の前に進み出た。軽く会釈してワ語で語りかける。

「はじめまして。私はミラルディア連邦のフリーデ・アインドルフです」

　男はフリーデを見ながら、古めかしいワ語で淡々と応じた。

「げに良き器かな」

「え？　あ、どうも」

　古いワ語はさすがによくわからないので、なんとなくで返すフリーデ。たぶん褒められたのだろう。

　敵対的な意志が感じられないので、フリーデはとりあえず会話を続けてみることにする。

「で、あなたは誰ですか？」

「我こそはアソンなるぞ」

「アソン？」

　フリーデは首を傾げる。

「アソンって、あのアソン？」

「どのアソンだと思っておるのか」

「ワを建国した偉い人でしょ？」

「ほう、知っておるか。なかなかに良き心がけじゃ」

　アソンと名乗った男はバッと扇子を広げ、鷹揚《おうよう》にうなずいた。

イオリがそれに過敏に反応する。

「ア、アソン様!?　いや、まさか!?　アソン様は神世に還られたはず……」

「さすがに本物じゃないだろう。不死者にでもならない限り、人間は千年も生きられないよ」

シリンが疑わしげに言うが、イオリは動揺している。

「しかしアソン様は数多の伝説を持つ英雄です。ミラルディアで言えばヴァイト殿のような人物ですから」

「おじ上ぐらいの英雄ならありえるな……」

シリンまでそんなことを言い出したので、フリーデは慌てて振り返る。

「ないない、お父さんそんなに長生きできない。私のお葬式が先になっちゃうでしょ」

アソンは千年ほど前の人物だ。生身の人間であり、しかも魔術師ではなかったと聞いているので、千年を生き長らえるすべは持っていないはずだ。

しかしワ人のイオリは「アソン」という名前だけで完全に畏縮してしまっているようだった。

フリーデは男をじっと見て、素早く考えを巡らせる。

(「本物のアソンかどうか」は問題じゃない。問題なのは「信用できる人かどうか」)

それについてはすぐに結論が出た。

ミラルディアで、ロルムンドで、ワで、フリーデは様々な立場の人々に出会ってきた。善人もいれば悪人もいた。

優しいから厳しい人。

親切だけど悪い人。

冷淡でも信頼はできる人。

これまでの旅路の経験がフリーデに「この人を信用してはいけない」と警告を発している。

だからフリーデはアソンと名乗った人物を見つめ、自分の本音を突きつける。

「あなたは本物のアソンじゃない。だって人間の匂いがしない。ううん、匂いだけじゃなくて、言葉からも仕草からも人間の気配が全然しないんだ」

男は無言だ。フリーデはさらに言う。

「正体を偽って近づいてくる人に、いい人はいないよ。いやまあ、例外もあるかもしれないけど……」

微妙に腰砕けな言い方になりつつも、フリーデはしっかりと身構える。

「本当は何者なの？」

「我こそはアソンなるぞ」

返答は全く同じだった。

その瞬間、フリーデの警戒心が大音量で警告を発する。

（間違いない。この人は敵だ！）

フリーデは即座に対話を断念し、戦うか逃げるかの判断をする。

（この人はまだ戦意を示していないし、どれぐらい強いかわからない！　逃げよう！）

次の瞬間、アソンと名乗った男は片手を挙げる。

「まこと慧眼よ。惜しむべきかな」

(何か来る!?)

恐怖を感じて身構えたとき、男の着物の袖から何かが飛び出してきた。

「砂虫!?　いや違う!?」

砂虫にそっくりだが、砂でできた作り物の蛇だ。魔法生物だろう。

「でやあっ！」

フリーデは回し蹴り一発で砂の蛇を蹴散らす。魔力で動くものなら、フリーデの『渦の力』の敵ではない。魔力を吸い取ってしまえば砂に戻る。

「む……？」

偽アソンが微かに驚いたとき、砂壁によじ登っていた猫人たちが警告を発した。ちゃっかり隠れていたらしい。

「オヤブン！　あっちで何かが戦ってます！」

「何が戦ってるの!?」

フリーデが問うと、彼らは困ったように応じる。

「わかんないよ、そんなの！」

「でも、なんだかピカピカ光ってるぞ！」

「オヤブンの武器に似てるな、あれ！」

それを聞くと同時にフリーデは決断する。

「みんな、行こう！」

「おう！」

「ええ、フリーデがそう言うなら」

「わ、わかりました！」

フリーデの判断に全員がすぐさま従う。ヨシュアが変身してユヒテを抱きかかえ、イオリとシリンがそれを警護する。

「魔撃銃の光なら、戦ってるのは味方だと思う！　ミラルディア人かロルムンド人だから！　合流するよ！」

「ねえねえ、アソン様はどうするの!?」

「たぶん偽者だからほっとく！　この人は味方じゃない！」

男は無言のままだったが、フリーデがそう言った瞬間に砂の像へと変化した。驚く暇もなく、砂の像となった男はサラサラと崩れ去る。

「なんだこれ!?」

「たぶん幻術の一種。最初から砂の像がしゃべってたんだよ。戦ってる場所に術者がいると思う！」

そう言い残し、フリーデは脇目も振らずに走り出す。

「わわっ!?」

「待ってよオヤブン！」

「置いてかないで！」

猫人たちも全員がフリーデに従い、警戒しながら早足で戦闘地点に向かう。

イオリはフリーデにぴったり寄り添いながら併走していたが、不意に叫んだ。

「フリーデ！　ワの都と同じ構造なら、右手の塀を越えた方が早いです！」

「じゃあ壊すね！」

フリーデの拳が魔力の渦となり、砂壁の魔力を吸い取って大穴を開ける。

「行って！」

「合点承知だ、オヤブン！」

猫人たちが奔流のように穴に飛び込む。その先に何が待ち受けているのか、全く恐れていない様子だ。

イオリとフリーデがそれに続き、シリンとヨシュアはユヒテを抱きかかえながら穴を抜ける。

徐々に戦闘の音が激しくなってきた。近づいている証拠だ。

「魔撃銃だ！　それも魔王軍制式銃の音！」

フリーデが叫ぶ。訓練で何度も撃ったので聞き違えようがない。

「魔王軍の誰かがここで戦ってる！　助けないと！」

ユヒテが走りながら叫んだ。

「フリーデ、先に行って！　ヨシュアは護衛を！」

「ありがとうユヒテ！　先に行くね！」

フリーデは壁を駆け登ると、その上を全力疾走した。

背後から人狼化したヨシュアの重い足音が聞こえてくる。猫人たちも気配を隠してついてきているようだ。匂いは感じている。

やがて人の声が微かに聞こえてきた。

「おいカイト、こりゃやべえぞ！」

「わかってる！　魔撃銃が効いてない！」

フリーデは即座に誰の声かわかった。

「ジェリクさんとカイト先生!?」

「急ぐぞ！　遠吠えしてもいいか!?」

「お願い！」

即座にヨシュアが叫び、味方を呼ぶ遠吠えを発した。

「アオォーン！」

すぐに前方から遠吠えが返ってくる。ヨシュアがそれを聞き取った。

「ミラルディア式の遠吠えだ！　『強敵』『苦戦中』『逃げる』『手伝ってくれ』だとさ！」

「わかった！」

遠吠えのできないフリーデは、人狼の遠吠えを正確に聞きわける力が弱い。ロルムンド人狼のヨシュアの方が正確に聞き分けられる。

フリーデは砂の壁から飛び降りると、シャツを脱いだ。

シャツには『魔力の渦』を封じる魔術紋が刺繍されている。大魔王ゴモヴィロアが作製した強力なものだ。

　これを脱いだ今、フリーデの魔力吸引能力は最大限に発揮される。

　ヨシュアが慌てて立ち止まる。

「おいフリーデ、何する気だよ!?」

「吸い取る！」

　フリーデは精神集中し、拳を前に突き出した。

「うりゃあっ！」

　まるで見えない猛獣が飛び出したように、砂の壁が何層も撃ち抜かれる。穿たれた大穴は爆発的に広がり、分厚い砂壁を崩落させた。

「なんだこりゃ!?」

　猫人たちが砂を避けながら悲鳴をあげると、砂塵の向こうから声が聞こえてきた。

「味方か!?」

「もしかしてヴァイトなのか!?」

（すみません、お父さんじゃないです）

　みんなが期待しているのは、やっぱり黒狼卿ヴァイトの方なのだと改めて思い知らされる。

　だがそれでも、フリーデは胸を張って叫んだ。

「黒狼姫フリーデ参上！　及ばずながら助太刀しますっ！　こっちに来て！」

「フリーデ!?　フリーデだって!?」

「もしかして隊長の娘さんか！　なんでこんなところに!?」

「なんでもいいから逃げるぞ！　ありゃ勝ち目がねえ！」

砂煙の向こうから聞き覚えのある声が幾つもして、傷だらけになったカイトたちが現れた。

「やっぱりフリーデだ！」

「嘘だろ!?　ワにいるはずじゃないのか!?」

（なんだか私のせいで余計に混乱を招いているような……）

フリーデは困惑したが、今はそれよりもみんなを避難させる方が先だ。

「こっちへ！　ワの観星衆が先導してくれます！」

「おお、なんかよくわからんがとにかく頼む！」

人狼隊は全員、変身して魔撃銃を手にしていた。見た感じ、どの銃にも魔力が残っていない。相当激しく撃ち合ったらしい。

そして多くの者が、それなりの傷を負っていた。人間はカイトだけだ。

カイトはジェリクに抱えられていたが、フリーデに向かって叫ぶ。

「お前も逃げろ！　ていうか、お前だけでも逃げるんだ！」

「それはできません、先生！」

相手はフリーデの恩師で、しかも魔王軍の最高幹部だ。しかしフリーデは従わなかった。

「私が逃げたら、ユヒテやイオリが危険なんです！　あ、イオリっていうのはワでできた新しい友達で」

「いいから逃げろって言ってんだよ！　お前、本当にヴァイトさんそっくりだな！　いつも最前線……」

カイトが叫ぶが、ジェリクが物凄い速さで駆け抜けていくので後半は聞き取れなかった。

フリーデはヨシュアに向かって告げる。

「やるとこまでやってみるけど、私がやられたら抱えて逃げてね」

「そのとき俺がまだ生きてたらな……」

ヨシュアがぼやきながら、首をコキコキと鳴らしてみせた。

「お前の無茶はヴァイトさん譲りなんだろ？　なら守ってみせるさ。俺はヴァイトさんに憧れて魔王軍に入ったんだからな」

「やっぱりお父さんの人気なのかあ……」

フリーデがぼやいたとき、砂塵の彼方から一人の男が現れた。

（さっきの人だ！）

その男が歩いた後では、破壊された砂壁が修復されていく。フリーデの目には、魔力が操作されているのがはっきりと見えた。

男はフリーデの前まで歩みを進め、白兵戦の間合いの外でぴたりと立ち止まる。人間の匂いがしないのは、さっきと同じだ。

しかしさっきとは違い、敵意を隠そうともしない。

「邪魔立てしおるか」

「うん」

フリーデは躊躇なく踏み込み、強化魔法をかけた拳を繰り出した。『硬質化』の術によって硬度を増したフリーデの拳なら、巨岩すら叩き割ることができる。

しかし拳が偽アソンのみぞおちに命中した瞬間、フリーデは激痛を感じて拳を引いた。

「あいたっ!?」

慌てて拳を見ると、偽アソンに触れた部分が赤くなっている。

「どうしたフリーデ!?　そいつ、そんなに固いのか!?」

ヨシュアの心配そうな声に、フリーデはハッと気づく。

「違う!　この人は柔らかいよ!　強化魔法を裏返しにされたの!」

「裏返しってどういうことだよ!?」

「私の拳にかけた『硬質化』の魔法が裏返しになって、私の拳がやわやわになっちゃったんだよ!　いたた、撫でるだけで痛い!?」

フリーデは強化魔法を解除する術を思い出し、どうにか魔法の効力を拭い去る。

その間、偽アソンは面白くもなさそうに突っ立ったままだ。

「どかぬか」

「どかないよ!」

そう言い放ったものの、フリーデはどう戦うか迷っていた。

(魔撃銃は効かないってカイト先生が言ってた。でも強化魔法を使うと裏返しにされる。私の知ら

ない魔法だ）

強化魔法の名手として名高い父なら、何か知っているかもしれない。しかしフリーデは強化術師としてもまだ見習いだ。

（人狼の力だけで戦うしか……）

だがそれならヨシュアの方が強い。

そしてヨシュアは今、フリーデを援護するために偽アソンに蹴りかかっていた。

「この野郎っ！」

ロルムンドの猛吹雪を思わせる凄まじいラッシュで、複雑な蹴り技が乱れ飛ぶ。上段と下段、そして左右の打ち分けを巧みに織り交ぜた、猛烈なキックの嵐だ。

しかし偽アソンは何度蹴られても、まるで動じる気配がなかった。

「下郎め」

偽アソンが何か魔法を使ったかと思うと、ヨシュアの体が砂に沈み込む。首まで砂に呑み込まれかけていた。

「うわっ!?」

「ヨシュア!?」

慌てて引っ張り上げるが、そのフリーデの足下でも砂が沈み込む。

「ひええ!?」

とっさにフリーデは強化魔法で上向きの力を発生させ、自分の体重を子猫程度にまで軽減する。

それでも足首がじわじわ砂に埋まっていく。

「ヨシュア、逃げて！」

かつての父の戦い方を思い出し、フリーデは担いでいたヨシュアを遠方に放り投げた。自分は膝まで砂に埋まるが、掌で砂を思いっきり叩く。

「てやぁっ！」

砂を叩いた反動で足を引っ張りだし、虚空で偽アソンに向けて魔撃銃を撃つ。

「愚かな」

偽アソンは光弾の直撃にも動じなかったが、フリーデの狙いは攻撃ではない。軽くなっていたフリーデの体は、魔撃銃の反動で大きく後方に飛ぶ。着地した砂は沈み込まない。間髪入れず、全力のジャンプでさらに後方に飛ぶ。

「じゃあね！」

「むっ、逃げおるか!?」

背後で偽アソンの声が聞こえたが、フリーデは脇目もふらずに走り続けた。足下の砂がどんどん柔らかくなっていたからだ。

「あわわわわ!?」

一瞬でも立ち止まったら、そのまま砂に呑み込まれてしまう。

猛スピードで駆けていくフリーデに、やがて猫人たちが合流した。

「オヤブン、これヤバくないっすか!?」

「ヤバいよ！」

すぐにヨシュアやカイトたちも合流し、全員一丸となって逃げ出す。

「どこに逃げりゃいいんだよ!?」

「迷宮の外しかないと思います！」

ヨシュアに担がれたユヒテがそう答えるが、フリーデは首を横に振った。

「たぶん逃げられない！　ですよね、先生！」

「ああ、城壁を境界にして魔法で結界が張られてる。最初、俺たちもどうやって入ればいいかわからなかったんだ。ミラルディア式でも古王朝式でもない、ヘンテコな魔法がかけられてる」

それを聞いたシリンが冷静に言う。

「だとしたら、敵は城門で待ち伏せしてるはずだ。どこかに隠れた方がいいと思う」

「私もそう思う」

するとイオリがこう言った。

「それならいい場所があります」


薄暗い場所に、人狼と猫人とその他いろいろがひしめき合っていた。

「さすがにちょっと狭いな」

「しょうがないだろ、俺は探知術が専門だ。幻術はラシィから少し習った程度しかできねえよ」

人狼隊最古参のジェリク分隊長の言葉に、魔術総監のカイトがそっけなく返す。二人は旧知の間柄だという。

一行は今、迷宮の片隅に身を隠していた。袋小路の一角に幻術を張り、狭い区画に身を寄せ合っている。

「身を隠すにはちょっと狭いが、確かにここはいい場所だ。この周囲では魔力が勢いよく流れてる。川で言えば滝壺の近くみたいなもんだ。ここに探知術をかけても魔力の雑音だらけで読み取れないだろう」

カイトがそう言い、首を傾げる。

「しかし、よくこんな隠れ場所がわかったもんだな？　イオリさんだっけ？　君もここは初めてなんだろ？」

「はい。ですがこの迷宮はワの都によく似ていますから」

イオリはそう言い、こう続ける。

「フリーデが教えてくれました。ワの都では人の流れが魔力の源になると。そのときに『逢魔ヶ辻』の話を思い出したんです。都には『逢魔ヶ刻』と呼ばれる夕暮れどきに不思議なことが起きる場所があります」

「なるほど。ここがその『オーマガツジ』なんだな。昼から夕暮れに転じるとき、人の流れが変わって予期せぬ魔術現象を生み出す。複雑な魔術紋を作ったときによく起きる不具合だ」

カイトが納得したようにうなずき、溜息をつく。

「俺たちはヴァイトさんの調査隊の応援に来たんだが、魔力通信機の調子がおかしくてここに迷い込んだんだ。ついさっき急に入れたんだが、あの変なのが出会い頭に襲ってきた。フリーデたちと出会っていなかったら、あのまま死んでいたな」

「ついさっき……？」

フリーデは黙り込む。

（もしかして、私が外壁に穴を開けたせいとか？）

彼女がその疑問を口にするより早く、ファーン分隊長が苦笑してみせる。

「本当は引き返したかったんだけど、迷宮の外はでっかい砂虫だらけで危なくてね。カイトの探知魔法も調子がおかしいし。で、フリーデは東から来たの？」

「うん。ワから歩いてきたから」

「なんでそんなことに？」

ファーンが首を傾げているので、フリーデは事情を説明した。

それを聞いてカイトが納得したように言う。

「アソンを名乗っていたあの男、体内魔力の分布が均一だった。魔法で生み出された存在だ。おそらく本物のアソンと出会って、その姿や人格を模倣しているんだ。……まあ、本物があんな人柄だったとは思えねえけどな」

「でも何でですか、先生？」

フリーデの問いにカイトは頭を掻く。

「むちゃくちゃ雑な推論しかできないが、たぶん『アソンの秘宝』と何か関係があるんじゃないかな。もしかしたら秘宝に付与された知性かもしれない」

　カイトはやや自信なさげに続ける。

「アソンが秘宝を持ち去った後、あいつはここでワの都と同じ構造物を作り始めた。この砂の迷宮が魔力を集める巨大な装置だ。起動に必要な魔力の循環は、あいつ自身が歩き回ることで生み出してるみたいだな」

　話がややこしくなってきたので、フリーデは頭をとんとんつつきながら講義の記憶を掘り起こす。

「ええと、秘宝って戦神を生み出す道具でしたっけ。じゃあ秘宝の代わりに、この砂の迷宮を使ってるってことですか？」

「たぶんな。ワの都には、アソンが伝えたとされる『オンミョード』という術系統が使われている。他国にはない技術だ。だからアソンの記憶を読み取ったのか、何らかの取引をして教えてもらったのか……」

　カイトは腕組みして考え込んでいたが、やがて大きく溜息をついた。

「とにかく、ここを脱出してヴァイトさんたちと合流した方がいいな。このままだとワやミラルディアの捜索隊が来ちまう。早く何とかしないと」

「そうですね、『三猫士』も帰国中ですし……」

　彼らは偽アソンの存在を知らないままだから、派遣される捜索隊が危ない。

　するとモンザ分隊長が冷静に指摘する。

「どのみち急がないとまずいよね。あたしたち、人間の十倍食べないと戦えないから」

ジェリク分隊長が困ったような顔をする。

「食料も水もほとんど外壁の外に置いてきちまったぜ。ま、おかげで逃げるときは身軽だったんだけどな」

フリーデも担いできた水の樽は置いてきてしまった。シリンたちも似たようなものだ。さすがに大荷物では逃げ切れなかった。

ジェリクが軽い口調でカイトに問う。

「せいぜい半日分の食料と水しかないけど、どうする？　ここで隠れたままじゃ干からびて死ぬだけだぜ？」

「んなことはわかってんだよ。ただ、あの偽アソンは強いからな……。本体もかなり強いが、この迷宮に蓄え込んだ魔力が膨大だ。これだけあれば何でもできる」

ユヒテが不安そうに質問する。

「先生、偽アソンが戦神を生み出す可能性はあるんでしょうか？」

「いや、さすがにそんな魔力はないだろう。この迷宮はワの都よりだいぶ小さいから、平方根がこうで、砂の魔力飽和量を〇〇・一四カイトとして……ま、数千から数万カイトってとこか。戦神誕生には程遠いな」

暗算でそこまで求めたらしく、カイトがそう答える。

「ただ放置してりゃ、そのうちロクでもないことをやらかすのは確実だ。何とかしなきゃいけない。最終的にはヴァイトさんか大魔王陛下が出てくることになる」

父の名が出てきたので、フリーデはちょっと聞いてみることにした。

「そういやお父さんはどこですか？」

「いや、それがまだ出会えてないんだよな。南岸から風紋砂漠を北上してて、野営地じゃなくてここに迷い込んだから。ただ、この近くにはいるんだ。間違いない」

「近くにいるのに合流できなかったんですか」

フリーデは思わずそんな質問をしてしまったが、カイトは怒ることもなく頭を掻く。

「魔力通信機でヴァイトさんたちの通信を拾ってたんだよ。それで距離と方角がわかるから。ただ途中から変な反響が入ってな。地中の魔力の脈が伝声管みたいな働きをしたんじゃないかと思ってる」

「興味深いですね」

フリーデが言うと、カイトもうなずいた。

「ああ、帰ったらお前も一緒に研究して……いやいや、今そんな話してる場合じゃないな」

「魔力通信機があるなら、それでお父さん呼べませんか？」

「いや、ここに来てからずっと調子がおかしいんだよ。簡単に言うと、魔力が濃すぎて装置が酔っ払ってる」

「なるほど……興味深いですね！」

「うん、まあな……。それよりヴァイトさんと連絡を取る方法を考えないと」

父が来てくれれば安心だ。なんといっても戦神すら倒した無敵の英雄だ。勇猛な人狼にして偉大な魔術師、そして常勝無敗の将軍。

「お父さんが来てくれたら、あんなのやっつけてくれますよね？」

しかしカイトは頭を掻く。

「たぶんな。ただ、ヴァイトさんも手こずると思うぞ。溜め込んだ魔力を攻撃に使われたら厄介だ」

フリーデはちょっと心配になってくる。

「でもモヴィばあちゃんなら負けませんよね？」

「そりゃさすがに大魔王様なら絶対負けないだろうが、大魔王様は俺と入れ替わりにミラルディアに一時帰国してるはずなんだよな。国を長いこと留守にはできないから」

「ええ～……」

何も知らずにヴァイトがここに来たら、もしかすると苦戦するかもしれない。下手をすると負ける可能性もある。

（お父さんの今の魔力、確か千五百カイトぐらいだったよね？）

父もフリーデやゴモヴィロアと同じ『渦の力』を持っている。魔力を無限に吸収し、力を蓄える異能だ。

（偽アソンというか、この迷宮の魔力が数千カイトから数万カイトだから、まともにやりあったら負けちゃう？）

どんどん不安になってくるフリーデ。父が負ける姿など想像もできないし、絶対に想像したくない。なんだかんだ言っても、やっぱり「お父さん最強」という安心感に守られているのだ。

　シリンも同じようなことを感じたのか、不安そうに言う。

「フリーデ、どうする？　ここで何もせずに救助を待つのが良策とは思えない」

　ユヒテとイオリもうなずいた。

「動けるうちに動いた方が良いかも」

「同感です。フリーデ、あなたを守るためならこの命惜しくはありません」

　するとファーン分隊長がたしなめる。

「こらこら、子供だけで勝手に決めるんじゃないの。まあでも、大人の意見もたぶん同じよね？　どう、カイト？」

「そうだな。今なら戦えるが、数日経てば俺たちは飢えと渇きで動けなくなっている。ヴァイトさんが来ても一緒に戦うどころか、救助の手間を増やすだけだ」

　カイトは眉間にしわを寄せつつ、さらに続けた。

「だが相手はメチャクチャ強い。どう戦うかは魔術師が考えるところだ。フリーデ、策を練るぞ」

「はい、先生！」

　フリーデは真剣な表情でうなずいた。

「まず状況を整理しよう」

　講義のときと変わらない口調で、カイトが一同に告げる。教え子たちは真剣な表情でうなずく。

もちろんフリーデもだ。

（私たちが何とかしなきゃ）

「俺たちは敵地のど真ん中に隠れている状態だ。どこにも逃げられないが、考えようによっては敵の懐に潜り込んでいるとも言える」

　カイトは落ち着いた様子だ。

（そういえば先生って、『ドラウライトの秘宝』が暴走したときにも同じような目に遭ってるんだっけ。そのときもきっと、こんな感じでみんなを指揮したんだろうな。やっぱり先生って凄い！）

　当時まだ生まれていなかったフリーデは、改めて恩師を深く尊敬する。

　カイトは特に気づいていない様子で説明を続けた。

「さっきイオリさんから聞いた通り、この迷宮では特異な現象が発生する。とりあえず『オーマガトキ現象』と名付けておくか。魔力流が反転する瞬間、予期せぬ動作が発生する現象だ」

　そう言ってから、カイトは頭を掻く。

「夕暮れ時に変なことが起きるのは、薄暗くなって見間違いが増えるからだと思ってたんだけどな……」

　腕組みして首をひねったカイトだが、説明を続ける。

「ま、とにかくこの『オーマガトキ』は使えるな。ただ、ワの都と違って魔力を動かしてるのは一人、偽アソンだけだ」

「一人だけでずっと、この迷宮をぐるぐる回ってるんですか」

なんだかやだなあとフリーデは思う。迷宮都市ザリアの地下で発見された不死者みたいだ。

そういえば、あの何とかいう暴君の怨霊を倒したのも父ヴァイトだった。歴史のどこにでも出てくる父親だ。

カイトはフリーデの言葉にうなずく。

「一人といってもたぶん数百カイトの魔力を持ってるから、そいつが動き回れば魔力はだいぶ動く。さすがに千年経っても戦神を生み出すほどの魔力は溜め込めなかったみたいだし、あいつ自身は作った魔力をそんなに保持できない。砂に固定して壁を高くしてるだけだ」

「ということは、壁に見えるものは魔力の集積所ですか」

シリンがつぶやいたが、魔術師ではない彼には良い案はなさそうだ。

フリーデはみんなの顔を眺めながら考え込む。

(何かできそうではあるけど、何ができるんだろう？　何をしたらいいんだろう？)

するとカイトが少し悔しそうにつぶやく。

「結局、今回もヴァイトさん頼みかよ……。俺って全然成長してないな」

後ろから覗き込んでいたファーン分隊長が苦笑する。

「はいはい、落ち込まない。ヴァイトの知識と強さは桁違いだから仕方ないってば」

しかしカイトは首を横に振った。

「いや。それじゃいつまで経っても、俺はあの人の横に立ってない。今度こそ役に立ってみせる」

過去を知らないフリーデには知るよしもなかったが、どこか覚悟のようなものを感じさせる言葉だった。

（先生、昔に何があったんだろ？）

十七都市同盟時代のミラルディアでは元老院直属のエリート魔術師だったカイト先生。

今は魔王軍魔術総監としてミラルディアの魔術師たちの頂点に君臨している。ミラルディア大学の教官でもある。フリーデにとっては憧れの存在だ。

そんな天才魔術師がどうしてこんな表情をしているのか、フリーデは少し不思議な気がした。

（でもお父さんも「フリーデンリヒター様が」とか言ってるからなあ……）

大人ってそういうものなのかもしれない。ひとつ勉強になった気がする。

（私もお父さんに助けられてばかりだし、そろそろ自立しないといけないよね？）

尊敬する恩師のために、何より自分自身のために、フリーデはひと頑張りすることにした。

「先生！」

「おっ、どうしたフリーデ？」

「お父さんはほっといても勝手に来てくれると思います」

「うん、俺もそう思う」

力強くうなずきあう師弟。過去の経験から、ヴァイトに対する信頼は二人とも同じようだ。

フリーデは続ける。

「そのときにお父さんが絶対負けないようにしたいんです」

「確かに純粋な魔力勝負だと勝ち目はないな……。勇者相手に一騎打ちで勝っちゃう人だから、魔力の差ぐらい何とかするだろうけど」

フリーデは一瞬黙り、それからカイトに質問してみる。

「先生はお父さんを何だと思ってるんですか?」

カイトは笑う。

「そりゃ無敵の英雄だよ」

「えへへ」

こんな状況でも、恩師から父を褒められると嬉しい。

カイトは少し考え込む様子を見せる。

「偽アソンが蓄えた魔力量は勇者以下だが、それでもヴァイトさん以上の魔力を持っている。それにあいつはこの迷宮全体を武器にして戦えるはずだ。不意打ちで迷宮の全魔力を叩きつけられたら、さすがにちょっとまずいかな……?」

しばらく無言で考え込んでいたカイトだったが、やがてニヤリと笑う。

「俺もヴァイトさんを見習って、たまには無茶をやってみるか」

「私が言うのも変ですけど、お父さんを見習うのはやめた方がいいと思います」

カイトは生身の人間だし、剣も破壊魔法も使えないから戦えない。無茶したら簡単に死んでしまう。

しかしカイトはフリーデに笑いかける。

「まあ心配するな。探知術師の『無茶』は、お前が想像してるようなものとは違うぞ。俺はここか

ら一歩も動かない。あいつに出くわしたら死んじまうからな」

「じゃあどんな無茶を……？」

するとカイトはやけに楽しそうな口調でこう言った。

「それを今から教えよう。ついでに協力してくれ。お前の力が必要だ」

「はいっ！」

なんだかわからないけど、面白そうだ。

＊　＊

俺が異変を確信したのは、マオ商会の輸送隊が到着したときだった。

「じゃあ、カイトたちは先に港を発っていたのか？」

マオの部下たちが心配そうにうなずく。

「はい。私たちは船の補修と積荷の点検がありましたので、カイト様は一日早く出発されました。人狼隊のファーン様とジェリク様、それにモンザ様の隊が一緒です」

「ファーン隊にはガーニー兄弟もいるし、それだけの戦力が砂虫程度に負けたりはしないだろうな」

あとは竜人の盗賊団ぐらいだが、砂鱗氏族とは同盟を結んでいるので彼らはむしろ味方だ。

マオの部下たちは心配そうに聞いてくる。

「道に迷ったのでしょうか？」

「たぶん違うだろう。普通に考えて探知術師のカイトが方位や進路を間違えるはずがない。となれば普通では考えられない問題が起きたことになる」

すぐ動いた方がいいな。俺は愛用の『襲牙』を手にして立ち上がると、マオの部下たちに魔王軍の支払手形を渡した。

「マオ商会の輸送隊は折り返し帰国して大魔王陛下に報告してくれ。人狼隊と砂鱗氏族の竜人を護衛につけるから、帰路でカイトたちの捜索を頼む。マオには俺から話を通しておく」

「はい、承りました」

「ああ、でも体調の悪い者は無理をするなよ。ここに残って道中の様子を教えてくれ」

急な仕事で過労死させたら気の毒だ。前世の俺ももう少し休みがあれば……。いや、今考えることじゃないな。

マオの部下たちは支払手形を恭しく受け取り、少し期待するような目で俺を見る。

「ところでヴァイト様も御一緒ですか？」

「いや。俺は別の方法で探す」

これは軍事機密なので部外者には言えない。

さすがにマオの部下だけあって、彼らは余計な詮索は一切しなかった。

「では私どもはただちに出発します」

「ありがとう。悪いな」

急な依頼って困るよね。頼む側になると冷や汗が出る。

マオ商会の輸送隊が南に出発した後、俺は自分のテントに戻って魔力通信機を取り出した。

「やっぱり圏外か」

互いの距離が数キロ離れたら通信できない。前世のスマホみたいに基地局を作って中継すればいいんだろうが、なんせここは国外の砂漠だ。

ただしカイトはその卓越した探知術を使い、圏外からの通信を拾うことができる。

あいつの技量と経験は通信機よりも遥かに精度が高い。おそらく港に着いたときから、こちらの通信を頼りに北上していたはずだ。

そのカイトがいる部隊が遭難してしまった。明らかにおかしい。

通信は常時接続状態にしてあるし、肌身離さず持っている。こちらからも頻繁に呼びかけている。

しかし何の連絡もない。俺の方からはカイトの通信機の位置情報を取得できない。同じ魔術師でも俺は強化術師だ。

「何が起きたんだ……？」

焦ってみても解決しないので、こういうのは専門家に相談する。

「なあリュッコ」

「あん？」

俺はテントに勝手に入ってきて寛《くつろ》いでいる弟弟子に魔力通信機を差し出した。

「探知術で魔力通信を拾う場合、方角を見失うことってありえるか？」

「いや、ありえねえだろ。通信が飛んでくる方向を間違える訳がねえ。声のする方向を振り向くぐらい……いや待てよ？」

　リュッコが寝床からピョコッと起き上がる。俺はリュッコにもう一度問う。

「音の場合、反響すると音源の位置がわからなくなる。魔力でも同じことはありえるか？」

「……ありえる。ありえるぜ、ヴァイト」

　リュッコは真剣な口調で応じ、ストトトトとストンピングを始めた。

「ちくしょう、完全に忘れてた。そうだよ、ここ魔力濃度の分布がおかしいんだよ。何にもない砂漠の中に、魔力の根が広がってやがるんだ」

　どうやら図星のようなので、俺はリュッコにぐぐっと迫る。

「魔力の根が伝声管のように通信を伝えるとしたら、通信が明瞭な方向に向かって歩いて行くとどんどん北上するよな？」

「おう。理論上、その可能性は十分ある。……近い近い、顔が近い」

「ああ、すまん」

　俺は椅子に座り直す。

　だがすぐにまた立ち上がった。

「俺は北へ向かう」

「おいおい!?」

俺の決断は人狼隊のメンバーから猛反対を受けた。

「この先に進むのはまずいぜ、隊長！」

「そうですよ、まだ巨大砂虫の調査が終わってません！　どこに潜んでいるか……」

やっぱり止められると思った。でも俺は行くよ。

「俺だけなら体重をほとんど消して、砂の上を静かに歩ける。連絡員として猫人たちを連れていくから心配するな。彼らの歩く音にも巨大砂虫は反応しない」

「いやいや、そうじゃなくてですね!?」

「魔王の副官が護衛もつけずに未踏領域に踏み込むのかよ!?」

「アイリア様に知られたらまた叱られるぞ？」

やっぱり叱られるかな……？

しかし俺と猫人たちなら安全に探索できるし、どのタイプの砂虫と遭遇しても倒せる。俺はともかく猫人たちは少しの食料と水で足りるので、補給面でも問題はない。

などと説明してもたぶん無駄なので、俺は笑顔で冗談を言ってみせた。

「心配するな。俺が行けば未踏領域ではなくなる」

「それはまあ……そうですが」

なんでそこだけ真に受けちゃうんだ。

人狼隊の新人や評議会の若手職員たちが顔を見合わせている。経験を積ませるために連れてきた、将来有望な人材たちだ。

彼らが何やらひそひそ会話している。

「確かにヴァイト様なら余裕でしょうけど」

「私たちにも責任というものが……」

「どうする？　どうせ止めても無駄なんだよな？」

「魔王軍が誇る万能副官閣下だもんな。どんな無茶でも解決しちゃうらしいから」

俺は若手からどう思われてるんだ。

仕方ないので俺は小さく咳払いし、精一杯の威厳を保つ。

「前に出たがるのは悪い癖だが、俺は人を使うのが下手でな。それに今は人手と時間が貴重だ。魔王軍は、いやミラルディア連邦は人材を決して見捨てない」

行方不明になったのが魔王軍の新兵一人だったとしても、俺はできる限りの救助活動をする。トップがそういう態度を示さなければ部下たちは安心して働けない。

「とにかく時間が惜しい。数日すれば大魔王陛下に連絡が届くが、その前にできる限りのことをやっておこう。猫人たちは同行してくれ」

リュッコがすかさず叫ぶ。

「おい待て、俺も行くからな！」

「そいつは助かる。一緒に行こう」

俺はそう言うとリュッコたちと共に北に向かうことにした。

ベースキャンプから北は風紋砂漠の最奥部であり、まだ誰も到達したことのない地域だ。砂漠に住む砂鱗氏族の竜人たちでさえ、ここから先には踏み込むことができない。巨大砂虫の巣だからだ。

「ヴァイトさん、砂虫の巣に入った人たちはたぶんもう食べられてますよ」

同行する猫人たちが他人事みたいに言う。お前たちも砂虫の巣に入ってるんだぞ。

俺は苦笑しながら軽く答える。

「カイトは探知術の達人だから、砂虫が潜んでいる場所ぐらい簡単に見破れる」

「そんな凄い人が、どうして迷子になっちゃってるのかな？」

「問題はそこなんだよな」

俺とリュッコの仮説が正しければ、魔力の根の中心部に行けばカイトたちがいるはずだ。

ただし魔力の根は巨大砂虫たちの栄養源でもある。中心部に近づけば近づくほど、巨大砂虫の密度が高くなる。カイトたちは無事だろうか。

するとリュッコが慰めるように言った。

「ヴァイト、心配するなって。もしカイトたちが襲われたとしても、遺留品や生き残りは必ず出る。でも今のとこ、そんなもんどこにもねえからよ」

「そうだよな……」

不安になるが、今は祈ることしかできない。みんな無事でいてくれ。俺たちも巨大砂虫に襲われないよう、慎重に前進する。

猫人たちは崩れやすい砂上でも身軽に歩けるし、俺も体重をほとんど消してフワフワ歩いていく。

やはり人員を絞ったのは正解だった。人狼たちは変身すると速いが、この砂地では足が沈み込む。そうなるともちろん巨大砂虫に気づかれる。

一方、兎人や猫人なら気づかれる心配はないので、こういう状況だと彼らは人狼より強い。強さにもいろいろあるということだな。

そんなことを思って感心していると、斥候に出していた猫人たちが大慌てで戻ってきた。

「ヴァイトさん、砂丘の向こうになんかあります！　砂でできた街みたいです！」

「よし、ここから先は俺一人で行く。猫人隊の半分は報告に戻れ。もう半分はここで荷物番を頼む。周囲は砂虫だらけだから荷物は下手に動かすな。重さで反応するぞ」

「怖い……」

「何かあったら荷物を置き去りにして逃げてくれ」

俺はリュッコたちを待機させ、砂地の上をトントンと単独で渡っていく。

探知術を持たない俺にはわからないが、もしかすると巨大砂虫の上を通過しているのかもしれない。何も出てこないことを祈りつつ、そろそろ進む。

やがて俺は報告通り、砂でできた奇妙な城壁にたどりつく。これは間違いなく人工物だ。しかも魔法が使われているな。

でも、なんでこんな場所に？

「ん？」

城門らしき場所には、まとまった量の荷物が置いてある。木箱や樽にミラルディア連邦の紋章があった。どう考えてもカイトたちの荷物だ。

積もった砂埃の量から、半日から一日ぐらい経っているようだ。

カイトたちの姿が見えないが、血の匂いもしないし武器や死体が転がっている訳でもない。やっぱり中にいるんだろうな。

城門は砂を固めて作られていて、普通の方法で開閉するようには見えない。

城壁も人狼のジャンプでも届かないほど高い。コンクリート壁みたいに滑らかで固いので、鉤爪を立ててよじ登るのも大変そうだ。みんな、どうやって入ったんだろう。

「うーん……」

単独での救出活動なので、さすがに俺も慎重になる。何か仕掛けがあるのは間違いないからだ。しかし今は一刻を争う。カイトたちが生きているとしても、物資を置き去りにしたままでは何日も生存できない。

「よし」

少々荒っぽいが、俺は切り札を使うことにした。

師匠が完全なる不死者となったとき、儀式に同席した俺にも師匠と同じ『渦の力』が備わった。魔力を無限に吸い込む異能だ。理論上はどんな魔法も魔力を使うので、『渦の力』への対抗手段は存在しない。

俺が拳でトンと突くと、それだけで砂の壁はあっさりと崩れ去った。魔力の障壁に大穴が開き、そこだけ術が解けてしまっている。

「毎度毎度、壊してばかりの魔術師ですまんな……」

なんとなく悪い気がしつつも、非常事態なので強行突破させてもらう。

重厚な城壁を文字通り粉々にし、魔力を吸いながら中に入った。

＊　＊

砂の袋小路一面に、計算を書き殴った紙や布が散らばっていた。

「ほらよ、これが最後の一枚だ」

ジェリクが最後の一枚を手渡しながら言うと、カイトはそれを奪って猛烈な勢いでペンを走らせる。

「大丈夫、計算は終わった。拾った数字を今これにまとめてる。うるさい黙れ、あと水くれ」

思考の大半を計算と魔法に集中させているのか、カイトの返答はそっけない上に順番がメチャクチャだった。

「あは、集中するとこんな感じなんだね。ラシィに感謝してる？」

呆れながらモンザがカイトに水筒を差し出すと、飲まずに突っ返してきた。

「やっぱいらねえ。モンザ、そこ踏むな。あとラシィは俺の嫁」

「あっそう」

モンザが溜息をついてフリーデを振り返った。

「報告書用の羊皮紙って結構高いんでしょ？」

「うん。でも他に書けるものがないからね。床が固いし」

フリーデは布を一枚拾い上げる。誰かのシャツだ。カイトの神経質そうな書体で数字が走り書きされているが、にじんでしまってカイト以外には読めなくなっている。

「これ微分かな？」

「変数分離形の微分方程式に見えるけど……何を計算してるのか、私にもわからないわ」

ユヒテが首を傾げながら答えたので、フリーデが説明する。

「この街全体の魔力量と動きを計算してるんだよ。実際に計測する余裕はないから、見えてる範囲の魔力量から計算してるんだと思う。たぶん」

「それがわかると何ができるの？」

「えーと……それは何だろう……」

学者の考えることなんかわかる訳がない。

するとカイトが羊皮紙を床に叩きつけた。

「よし！」

「うわ、びっくりした!?」

驚くフリーデの前で、カイトはニヤリと笑った。

「いける。いけるぞ！　溜め込んだ魔力と偽アソンの移動パターン、そしてこの入り組んだ魔術紋の大路と小路！」

「何がいけるんですか？」

シリンがおそるおそる尋ねると、カイトは街の地図を示しながら猛烈にまくし立てる。

「ヴァイトさんに頼らずに、ここを脱出する方法だよ！　偽アソンが通過した直後に、この壁を壊す！　通路を繋いで魔力流を短絡させるんだ！　これで蓄えた魔力が一気に放出される！」

イオリが地図をじっと見つめる。

「ワの都で言うと、ちょうど多聞院のある辺りですね。『四条大路』と『ツクモ小路』を開通させればいいんですか？」

カイトはペンを放り出してうなずく。

「そうだ。ワの都と同じ構造なら、ここは多聞院を守る四重の城壁で遮断されているはずだ。それを貫通させるだけでいい」

「貫通させるだけって……。それにここ、かなり遠いですよ？」

イオリが不安そうに言うが、フリーデはにっこり笑った。

「偽アソンが通り過ぎた後に行くから大丈夫。先生、偽アソンは同じルートを歩き続けてるんですよね？」

「ああ。不規則に見えるが、あいつのルートは完全にパターン化してる。あいつ自身が装置の重要な部品だからな。魔力を循環させてるから、来た道を戻ることはできない」

（なんか気の毒だな……）

ちょっと不憫に思うフリーデだったが、今はそんなことを気にしている余裕はない。

「じゃあ私が行きます」

「ああ、でも夕方まで待て。そうすれば安全に……」

カイトはそう言いかけて、ふと妙な顔をした。

「あれ？」

そのままカイトは指で印を切り、いくつかの術を同時に展開させた。

「南側の外壁付近で魔力が流出してるぞ。ちょっと待て、これ外壁が破れてるんじゃないか？」

するとモンザが嬉しそうに言う。

「あは、じゃあもう逃げられる？」

「いや、この程度ならすぐに閉じるだろう。むしろなんで外壁が破れたのかが問題だ。ヴァイトさんが来てるんじゃないか？」

カイトの言葉にフリーデは驚く。

「お父さん早すぎる!?」

しかしファーンは慣れた様子で肩をすくめた。

「早いよ。ヴァイトは危機になると単独行動で突っ走るから」

「それってまずいよね？」

「ヴァイトが子供の頃から、ずっとそう言ってるんだけどなあ」

溜息をつくファーン。

どうやら今、この迷宮にヴァイトが到着したようだ。外壁を破って進入し、おそらくカイトたちを助けるつもりでいる。

ただし、さすがに自分の娘がいるとは思っていないだろう。

そして一番の問題は、ヴァイトはまだ偽アソンについて何も知らないということだ。

「すぐ行かなくちゃ！」

「待て待て、今はまだまずい」

「そんなこと言ってる場合じゃないでしょ、先生！」

フリーデは立ち上がると地図を手にして叫んだ。

「私、お父さんを助けに行きます！」

カイトが慌ててフリーデの裾をつかむ。

「待て、さすがにそれは危ないぞ！　今出ると偽アソンに見つかる！」

「でもお父さんが負けたら、みんな助からない！　先生、第二案で行きましょう！」

「勝手に決めるなって！　おい待て!?」

フリーデはカイトが止めるのも聞かずに外に飛び出した。

背後でカイトが叫んでいる。

「ああもう、お前の無茶はヴァイトさん譲りの本物だよ！　おい人狼隊のみんな、陽動だ！　あの無茶苦茶な親子を支援してくれ！」

（ごめんね、先生）

心の中で詫びつつ、フリーデは砂壁を飛び越えながら一直線に目的地に向かって走り出した。

隠れ場所の袋小路から出て、砂の壁が左右にそびえる大路を駆け抜けるフリーデ。吹き抜ける風と砂塵をものともせず、人狼の脚力で走り続ける。

（偽アソンはいない？　気づいてないのかな？）

そんなことをちらりと思った瞬間、左右の壁から何かが湧き出すように襲いかかってくる。

「うわっと!?」

人間離れした反射神経で奇襲を軽くかわしたフリーデだったが、襲撃者を見て驚いた。

「ヌエ!?……じゃない!?」

いくつかの生物をつなぎ合わせたような外見を持つ、猛獣のような怪物。ワでは「ヌエ」と呼ばれる魔物だ。

しかし匂いがないので、これも砂で作った作り物だろうと判断する。壁の中から出てきたし、材料は砂で間違いないだろう。

作り物とはいえ、この数と大きさは脅威だ。

（砂の材料は石。みっちり詰まった砂は石と同じぐらい重いはずだから、普通の生き物よりも重い！　たぶん！）

だとすれば動きは鈍重。初動は鈍いし急な方向転換はできないはずだ。動き始める瞬間を察知し、すり抜けるように先に進む。

「よっと！　ひゃっ!?」

ヌエモドキの攻撃は意外に正確だ。重いぶん、一撃の威力は相当なものだろう。当たれば無事では済まない。

ヌエモドキは次から次に壁の中から出現し、フリーデの行く手を阻む。

「ああもう、しつこいなあ！　でもこれって、先に進まれたくない証拠だよね!?　だったらやっぱり、この先には！」

カイトの分析を信じて、フリーデは突き進む。ヌエモドキを放置して走っているので、フリーデを追撃するヌエモドキの数は異常なほどに増えていた。

ヌエモドキは迷宮の壁を破壊しないように命じられているのか、その猛攻もどこか遠慮がちだ。さらにフリーデほど身軽ではないので、壁の上を走ると追いつけない。ヌエモドキの重さでは壁の上を走れないようだ。

「うん、よしよし」

そこらじゅうからヌエモドキが湧いてくるので一瞬も立ち止まることはできないが、フリーデは勝利を確信する。この状態を維持している限り、襲われる心配はない。

そしてついに、フリーデは目的地らしき地点に到達した。

「あれだよね?」

確かめている余裕はないが、多聞院の所在地ならフリーデも覚えている。大路と小路の位置関係から見ても間違いはない。

壁を四枚破壊することについても問題はない。フリーデが『渦の力』を使えば、砂を固めている魔力を吸い取って崩壊させられる。

（もう大丈夫！）

勝利を確信したとき、フリーデの前に人影が現れる。

「偽アソン!?」

「やるまいぞ」

感情の感じられない声でそうつぶやくと、アソンを騙《かた》る存在は片手を挙げた。

＊　＊

俺は警戒しつつ、砂の遺跡らしき場所を歩いていた。高い砂壁だけで構成される不気味な迷宮だ。何の意匠もない。

「なんだこりゃ」

遺跡のあちこちで建物が崩れていて、そこらじゅうに肉食獣ベースの複合怪物、前世でいうところのキマイラだのキメラだのの死骸が転がっている。

俺がずっと前に戦った猫人の変異体、ヌエに酷似しているな。

ただし既存の生物を変異させたものではなく、砂にいろいろ混ぜて無理やり作ったもののようだ。断面がかなり砂っぽい。

「砂のケイ素と、空気中の炭素と水素で作った合成生物……かな？」

ヌエっぽい怪物はここから見えるだけでも十匹以上倒れていて、魔法生物特有の死後崩壊が始まっていた。

「ん？」

魔撃銃の音が聞こえてきた。微かだが人狼の匂いもする。爆発音や閃光も確認できた。

たぶんカイトたちが戦っている。それもすぐ近くだ。

俺は愛用の魔撃銃を携え、十字路だらけの遺跡を走り出す。

この遺跡、碁盤の目のように大路が格子状になっている。ワの都にそっくりだ。砂を固めた石畳には魔術紋が刻まれ、かすかに明滅していた。

これは初代転移者アソンが伝えたという、都市を魔術装置にする技術だろう。

だがそうなると、年代的にいろいろおかしい。アソンがこの地を訪れたときには、ここは無人の砂漠だったはずだ。

「あっちか!?」

戦闘が続いているのは、隣の通りだった。

包帯に血をにじませたジェリクが、人間の姿のまま膝をついている。近くにはファーンもいたが、こちらも人間の姿だ。

二人とも、人狼形態を保てないほど負傷しているようだった。

だが二人とも魔撃銃をしっかりと抱いており、闘志は捨てていない。

他の人狼たちも魔撃銃を携えており、遺跡のあちこちに隠れて応戦していた。ときおり光弾が飛び交う。

カイトが大声で何か指揮をしているのが聞こえてくる。

「カイト！」

俺の声にみんなが一斉に振り向いた。カイトとジェリクとモンザとファーンが同時に叫ぶ。

「ヴァイトさん！」

「おう、大将！」

「おそーい！」

「早いよ！」

どっちなんだよ。

ヌエモドキが襲いかかってきたので、俺は避けながら魔物に強化術をかける。

「沈め」

最も初歩の術、重さを増やす呪文。俺が最初に覚えた術でもある。もう二十年ぐらい鍛え続けてきたので、こいつの扱いはちょっとしたものだ。

砂の巨獣は体重を一気に数倍に増やされ、体が真っ二つに折れた。魔法生物だから術の通りがいい。さては魔法抵抗の術をかけてないな。雑な施工だ。

「うおお、すげえ!?」

砂まみれになって格闘していたガーニー兄弟が叫んだので、俺は軽く手を振る。

「もう大丈夫だぞ、すぐ全部片付ける」

俺は視界内の標的を意識の中でロックオンすると、その全てに術を放つ。

「全て沈め」

ヌエモドキの怪物たちが一気に全て崩れ落ちる。自重に負けて潰れると、仕込まれていた術を維持できなくなったらしい。あっけないほど簡単にただの砂に戻った。

ボロボロの人狼たちが叫んでいる。

「うおおお、勝ったぞー！」

「やっぱヴァイトはすげえな！」

「なんだよ今の!?　まるで魔法だな!?」

魔法です。

このヌエモドキたちはどっかの魔術師が作ったはずだが、そいつは魔術師同士の戦いを全く知らないようだ。

「こんなもんで勝てると思ってたのか……？」

「いやいやいや、ヴァイトが来てくれなかったら危なかったんだから！」

ファーンが這うようにして近づいてきて、それから慌ててこう言った。

「それよりもフリーデが！」

「フリーデがどうした？」

あいつならワにいるはずだぞ。……いるよね？

すると物陰からシリンたちが飛び出してきた。

「おじ上！」

「シリン!?　ユヒテとヨシュアもか!?」

知らない子が一人いる。もしかして、あれがトキタカ殿の娘さんか？　なんでこんなとこに？

だがこの子たちがここにいる以上、俺の予想を上回る異常事態が起きているのは間違いない。

「シリン、状況を説明しろ！」

士官候補生のシリンは魔王軍式の敬礼と共に即答する。

「はい！　敵はアソンを名乗り、魔法を操る人型の存在です！　僕たちは陽動作戦中で、フリーデがこの街の中枢部を破壊しに行きました！」

俺はシリンの肩に手を置く。

「わかった、俺が行く」

＊　＊

同時刻、フリーデは偽アソンと遭遇していた。

全力疾走するフリーデは偽アソンに突っ込む形になったが、偽アソンの攻撃を紙一重でかわす。

「うわっとっと!?」

襲いかかる砂の大蛇の上を走り、フリーデは偽アソンを飛び越える。

（本物の偽アソン!?　いや、これも砂の作り物だよね!?）

本物の偽者というのも変な話だが、フリーデにとっては重要だ。偽アソン本体が相手では勝ち目がない。

（今のタイミングなら、本物の偽アソンはここを通過してるはず！　こいつは無視！）

フリーデは壁に着地し、そのまま『渦の力』で壁の魔力を吸い取る。砂の城壁は地響きを立てながら崩れ去った。

「けほっ！　よし次！」

背後から砂の大蛇たちがうねりながら襲いかかってくる。それを前転で回避し、次の壁に肉薄。

「うりゃあっ！」

ほとんど体当たりの勢いでぶつかり、魔力を吸い取る。二枚目の城壁も崩れ去った。上から砂が瀑布のように降ってくる。

「あわわわ」

横に避けてかわしつつ、まだ崩れていない部分を駆け上がる。襲いかかる砂の大蛇たちをかわし、時には踏み台にして次を目指す。

「三枚目！」

再びジャンプして三枚目の城壁を踏み潰す。

（あと一枚！）

そう思った瞬間、フリーデは物凄い力で吹き飛ばされた。

「きゃうっ!?」

肺が潰れたかと思うほどの勢いで床に叩きつけられ、息ができない。視界が暗転しそうになる。

だがここで失神したら終わりだ。誰も助けてくれないのだから。

「ぬっく！」

変な掛け声が出てしまったが、とにかく立ち上がる。

間髪入れず、砂の大蛇がフリーデを丸呑みにしようと迫ってきた。ギリギリのタイミングで回避が間に合い、どうにか転がって避ける。酸欠と衝撃で頭がグラグラする。

（さっきの一撃は、この蛇じゃない！　私は何にやられたの!?）

「痴《し》れ者よの」

背後にその声を聞いたとき、フリーデはとっさに魔撃銃を抜いて撃った。

「このっ！」

背後に立っていた偽アソンの頭が粉々に砕ける。砂だ。

（こいつも偽者!?　何かおかしい！）

背筋がぞわりとした瞬間、再び猛烈な一撃が襲う。

「ぐあっ!?」

反射的に受け身を取って衝撃を逃がしたが、自分でも面白いくらいにころころころと吹っ飛ばされた。今自分がどちらを向いているのか、上下さえわからない。

ただ、背中に固い壁の感触がある。たぶんこれは四枚目の城壁だ。

（これを壊せば……）

だがのんびりしている余裕はない。

「うおりゃあっ！」

気合いを振り絞って立ち上がり、脅威の正体を見極める。敵はやはり偽アソン。

だが一人ではなかった。

「嘘……」

フリーデを囲むように立つ、ワ風の男たち。ざっと見ても二十人以上いる。その全てが寸分違わぬ姿をしていた。どれが「本物の偽アソン」かわからない。

さすがにこれ全部を相手にするのは無理だ。それぞれが両袖から二匹の砂の大蛇を放ってくる。四十対一では防ぐことすら難しい。

ほんの一瞬、フリーデは逃げるか戦うか迷った。

だが逃げれば追跡され、みんなのいる隠れ場所を見つけられてしまう。そして戦っても勝ち目はない。

「……ふっ」

フリーデは笑う。覚悟を決めたのだ。

「だったら、こうするよね」

フリーデは偽アソンたちに構わず、最後の城壁を攻撃した。拳で突くと、砂の城壁が滝のように崩れ落ちる。

ほぼ同時に、城壁のところでひしめき合っていたヌエモドキたちがもんどり打って倒れた。みるみるうちに崩れ去り、砂の山に変わる。

「むうっ!?」

偽アソンたちも全員が同じ動きで動揺を示したが、その体が崩れることはなかった。フリーデにはわからないが、どうやらヌエモドキとは違う仕組みで動いているようだ。

彼らは一斉に同じ言葉を口にする。

「経絡《けいらく》を乱すとは、やりおったな小僧！」

「小僧じゃなくて小娘だよ。いや、小娘でもないよ！」

フリーデは身構えつつ、砂の瀑布を背にして魔撃銃を構えた。

「私はフリーデ。黒狼卿ヴァイトの娘、黒狼姫フリーデ！」

偽アソンたちは無言のまま、砂の大蛇を放ってきた。背後は砂の瀑布、前方は砂の大蛇。どこにも逃げ場はない。

（死んでたまるか！）

危険を承知で命がけでここまで来たが、簡単に死ぬつもりはない。

（こんな危ないことしてるのも、生きて全員で帰るためだから！　だから私も生きて帰る！）

強化魔法で反応速度を限界まで高め、持ち前の俊敏さで紙一重の回避行動を繰り返す。

「そんな攻撃当たるもんかあっ！」

叫びながらかわし、魔撃銃を撃ち、蹴って、殴る。持てる技術と闘志の全てを叩きつけ、フリーデは砂まみれになって転げ回った。

（長くは防げない！　こうなったらやるしかない！）

前方の偽アソンたちを全て倒すのは無理だ。それなら後方の砂の瀑布に突っ込む。

ありったけの強化魔法をかけると、まだ崩れ続けている砂の激流に飛び込んだ。

水よりも重い砂の激流が上からフリーデを押し潰そうとする。常人なら一瞬で生き埋めだ。人狼の筋力と耐久力を魔法で高め、呼吸と意識を維持しても、それでも気を失いそうになる。おまけに真っ暗だ。

力任せに砂の滝を突き進むため、息を吐き出して叫ぶ。

「絶対に、死なない！」

その瞬間、フリーデはグイッと引っ張られた。信じられないほど強い力で引き寄せられる。

（やられる!?　いや違う!?　この感触、凄く懐かしい。安心する……？）

困惑しながらも思わず力を抜いたとき、砂の激流は収まっていた。

城壁は完全に崩壊し、向こう側とつながっている。わずかな砂がまだサラサラと流れていて、それが砂漠の風に舞っていた。

そしてフリーデを抱きかかえた人物が笑っている。

「その無茶は誰譲りだ？」

「お父さん!?」

父ヴァイトがいつもの笑顔でそこに立っていた。

＊　＊

そうか、やっぱりその無茶はお父さん譲りか……。変なとこが似ちゃったな。

俺はフリーデの救出が間に合ったことに安堵しつつ、前方の敵を警戒した。

背の高い、前世基準で言えばモンゴロイド系の男たちだ。衣装は着物、平安朝の狩衣《かりぎぬ》だな。伝え聞くアソンの風貌とよく似ている。

俺は愛銃の『襲牙』を構えると、問答無用のフルオートで光弾を掃射してやった。

バスンバスンと偽アソンの頭や胴体が吹っ飛び、崩れ去っていく。砂で作った砂虫みたいなのも飛んでくるが、まとめて吹き飛ばす。

どいつもこいつも攻撃に対してまるで無防備だ。

ただ一体だけ、違う反応をするヤツがいた。とっさに何かの術で光弾を弾いたのだ。

「むっ!?」

なるほど、防御手段は持っているのか。そして、それを使う必要がある。

つまり光弾をまともにくらったら、こいつも無傷ではいられない。……ということかな?

もうもうと立ちこめる砂塵の中、俺は警戒を解かずにフリーデを下ろした。こんなに大きくなった娘を抱っこしたままじゃ戦いづらい。昔はあんなに小さかったのになあ。

少し寂しくなった俺が娘から事情を聞こうとしたところに、敵が空気を読まずに口を挟んでくる。

「何奴だ」

「取り込み中だ。お前が名乗れ」

「我こそはアソン。ワの国父なるぞ。ひれ伏せ、我が赦しを乞うがよい。さすれば……」

素直に名乗ったのは褒めてやるが、そういう嘘は感心しないな。

「嘘をつくな。お前はアソンじゃない。彼は元の世界に帰った。お前は偽者だ」

「……」

おい、そこで黙るなよ。お前の知性がどの程度のものか、反応が見たかったのに。どうやら臨機応変な対処は苦手らしい。

攻撃してこないし、もう少し探ってみるか。

「魔法で生み出された知能の多くは、造反防止のために自我の一部が欠落している。少し会話すれば一発でバレてしまう。だからお前はアソンの人格や容姿を模倣することで人間、それも支配者になりすまそうとしている」

「……」

だから黙るなって。処理能力が追いつかないのか？　いやいや、この砂の迷宮を作れるのなら、処理能力は十分あるはずだ。

たぶん対人能力にパラメータを振ってない人工知能なんだな。こいつの出自も含めて、手の内はだいたい読めた気がする。

この偽アソンも体の構造は他の砂人形たちと同じようだ。魔法生物にありがちな、不自然に均一な魔力分布になっている。ただ、魔力の保有量が高い。

偽アソンが軽く手を挙げると、破壊した分身たちが砂の中から蘇る。

それを見たフリーデが慌てて叫ぶ。

「お、お父さん!?」

「心配ない。あれは操り人形だ。魔術師の戦い方をよく見ておけ」

ヌエモドキも砂虫モドキも偽アソンの分身も、全部ただの操り人形だ。そして操り人形には糸がついている。機械文明だった前世も、操り人形には電波という糸がついていた。

この砂の遺跡が巨大な魔法装置で、通路が回路になっている。だとすれば「糸」は床か壁にあるはずだ。ほらあった。

俺は再び『襲牙』を構えたが、今度は床を撃つ。セミオートで的確に偽アソンたちの足下を狙った。

「むうっ!?」

本体の偽アソンが唸ったときには、砂の傀儡《かいらい》たちは再び砂に戻っていた。今度はもう復活してこない。

「えっ!?　あれっ!?」

「遠隔操作には『糸』がつきものだと講義で教えただろう?　こういうときは動いている末端じゃなくて、システムそのものを破壊した方が早い」

操り人形は糸を切ってしまえばもう動かない。偽アソン本体の足下から魔力が流れ、他の砂人形たちに魔力を送っていたが、それを破壊してやった。

「愚かな」

偽アソンは淡々とつぶやき、通信系統を再構築しようとしている。

「させるか」

今度はフルオートで光弾を集中的に叩き込む。

だがそれを待っていたかのように、偽アソンはニヤリと笑った。

「かかったな」

「お父さん!?」

フリーデが慌てて叫ぶと同時に、偽アソンが何か印を結んだ。

「受けよ下郎め、魔鏡呪！」

放った光弾が見えない壁に弾かれ、反転してこっちに飛んできた。光弾の嵐が俺たちを襲う。

俺は片手を挙げて、魔力の渦を生み出す。

「学習能力はそこそこ高いのか」

敵の光弾の威力はかなり高い。オリジナルと互角だ。コピーの精度は高い。

だが俺だって、魔力を吸い取り続けて十数年。魔力掃除機を自称するベテラン清掃人だ。これぐらいの魔力なら日常的に扱っている。

指先に生まれた魔力の渦が、大量の光弾をぐるんぐるん吸い取っていく。純粋な魔力でできているものは全部吸い取ってしまえる。

でもこれじゃ、ただの魔力キャッチボールだな。いつまで経っても終わらないぞ。

しかしとりあえず膠着状態に持ち込むことはできた。今のうちに俺はフリーデに質問しておこう。

「カイトたちとは会ったんだが、急いでいたから詳しい説明を受けてない。何がどうなっているんだ？」

シリンほど簡潔で明瞭な説明は無理だろうな。そう思っていると、フリーデは意外にもサッと答えた。

「あいつは偽アソンで、ワの都と同じ方法で魔力を貯めてるの！　人の流れで魔術紋を動かしてる！　でもカイト先生がここを壊せば、貯めた魔力が流出するって教えてくれた！」

おお、すごくわかりやすいぞ。成長したなフリーデ。

「ありがとう、とりあえずそれだけわかれば十分だ」

なるほど、通行人が千人いれば千カイト相当の魔力だからな。人の流れを一定方向に制御してやれば、魔法の装置ぐらい動かせる。前世で言えば、通行人が踏むと光る階段みたいなもんだ。

で、フリーデたちはそれを阻止するために装置の破壊、つまりこの城壁を破って魔力の流れをショートさせる作戦に出た訳だ。食料も水もない以上、多少無謀でもやるしかない。そういうことか。

「フリーデ」

「はいっ！」

俺は「後はお父さんに任せておけ」と言おうと思ったが、言葉を選ぶ。

「お父さんは何を手伝えばいい？」

ちらりと見ると、フリーデは驚いた顔をしていた。お前の行動力を認めたんだから、もうちょっと喜んでほしい。

「お前、最後の最後まで諦めずに戦っていただろう？　絶対に生きて帰るつもりで戦っていた。だからお父さんも何とか間に合った。あのときとは違う。成長したな」

俺がそう言うと、フリーデの顔にみるみる笑顔が戻ってくる。

「うんっ！　あ、それじゃあ偽アソンやっつけて！」

「おいおい」

歴代魔王並みの無茶振りだな。まあいいや、そういうオーダーなら任せてもらおう。

「お前は何をするんだ？」

「私はこっち」

フリーデは砂の城壁を指差した。見れば城壁がゆっくりと元に戻りつつある。偽アソンもここが壊れっぱなしじゃ具合が悪いからな。俺たちと戦いながら補修を急いでいた訳か。

「わかった。じゃあ偽アソンを倒すまで、城壁を壊し続けてくれ」

「お父さんもよろしくね」

「ああ」

娘と肩を並べて戦う日が来るとはな。お父さん、なんだか嬉しいぞ。

感無量の想いにジーンとしていると、偽アソンがなんか言ってきた。

「下郎め……どこまでも邪魔立てする気か」

「邪魔なのはお前だ」

「……」

だから黙るなって。昔の将棋ソフトみたいだぞ、お前。

こいつの返答や表情、やはりどうもアソンの人格をコピーしきれていない印象だ。

伝え聞くアソンの人柄とはずいぶん違うし、何より会話に知性や機転が乏しい。冗談のひとつも言えよ。

いや、冗談こそ知性の最たるものだと誰か言っていたな。こいつには無理か。

「さてどうしようかな……」

背後では娘が「うおりゃあああ」とか叫びながら、魔力を吸い取って城壁の修復を妨害している。

威勢はいいが、あんなに魔力を吸い取ったらすぐに満腹になってしまうだろう。俺たちは師匠と違って生身だ。

さっさと攻撃を仕掛けたいが、相手の力量がまだわからない。それにあいつを倒せば事態が解決するのかも、実のところよくわからなかった。都市の魔力総量もわからない。

下手に仕掛けて俺が負けたらフリーデが死ぬ。やりづらいな。

内心ちょっと焦ってきたとき、人狼の遠吠えが聞こえてきた。ファーンたちが駆けつけてきたらしい。たぶんカイトやユヒテたちも一緒だろう。

「ヴァイトさん、そいつが『核』を持ってます！」

ほらいた。ジェリクに抱っこされて宙を舞いながら、カイトがやや引きつった顔で叫ぶ。

「そいつ単体の魔力容量は、現時点では七百カイトほどです！　都市全体では数千カイトの魔力がありますが、戦神を作り出すほどの力はありません！」

カイトは砂埃にまみれていたが、それだけ叫ぶと清々しく笑う。いい笑顔だった。

さすがは俺の副官、我が軍の魔術総監だ。ドラウライトの秘宝のときも、カイトには助けられたな。

「ありがとう！」

七百カイトなら俺の半分以下だ。敵に数千カイトの魔力備蓄があっても、術者の容量がその程度なら勝てる。

「よし、攻略法が見えた！」

魔法生物は魔力で動く。都市に蓄えられた魔力を使わせなければ、魔力切れで機能停止する。消耗戦で我慢比べだ。

俺は石畳を踏みしめ、人狼に変身する。魔力の爆発と共に圧倒的な力がみなぎり、全身の筋肉が闘志で沸き立つ。

何度変身しても、この瞬間はいい。

アソンを名乗る不遜な存在は、遺跡から魔力を急速チャージしているところだ。巨大な力場が発生している。

大技を使う気らしいな。妨害しないとまずいぞ。

「ウオオオオォ！」

人狼の魔性の雄叫びが、遺跡全体を震わせる。

魔狼唯一にして最強の奥義、ソウルシェイカー。場の魔力を支配し、そして食い尽くす。

よし、偽アソンが遺跡から取り出した魔力を吸い取れそうだ。だんだんこっちに流れてきた。あいつの方が金持ちだが、俺はあいつが引き出した預金を横からどんどん奪える。

魔術師同士の戦いでは、相手の魔力を封じるのは一般的な戦術のひとつだ。力の根源を奪い、何もさせずに倒す。

「ぬぅっ!?」

ヤツは身構えたが、魔力の微細な変化には気づかなかったようだ。

「そのような獣の遠吠え、通じるとでも思ったか。我が聖域内で不遜であろう。我こそはワの王、悠久の時の支配者なるぞ」

「この程度で王気取りとは笑わせる」

魔力はあっちの方が上だが、魔術師としては俺の方が上だ。

俺が黙っているのを何か勘違いしたのか、偽アソンは悠々と着物の裾を翻す。

「ゆくゆくはこの聖域を大陸全土に広げ、蛮族を滅ぼした暁には、再び繁……む?」

あ、魔力吸ってるのがバレたかな?

「さては汝、気脈の流れを操りおるか。獣の分際で小癪な」

バレた。

偽アソンは魔力を奪い返す手段を持っていないらしく、遺跡から新たな魔力を吸い上げている。

また何か大技をやらかすつもりのようだ。

俺は魔力の渦を広範囲に展開しつつ、格闘戦の準備を整える。

偽アソンは単体でも七百カイトの魔力を持つ。七百人の魔術師と同じだ。戦意を捨てていない以上、野放しにはできない。

「神話の時代は終わった。時代遅れの遺物が、今さらしゃしゃり出てくるな」

ようやく人間と魔族が一緒に暮らせる時代になったんだ。

魔族だから、異教徒だからというだけで殺し合っていた時代が、やっと終わった。

せっかくうまくいってるんだから、転生者だの勇者だの余計なものはもう出てこなくていい。

俺の言葉に偽アソンは不快そうに眉をひそめる。

「抜かしおるわ。なれど汝は、なかなかの達者と見受ける。よもや勇者……いや、いずこかの魔王なりや？」

「違う。俺は魔王じゃない」

偽アソンは重ねて問う。

「しからば、汝は何者なりや？」

俺は身構えると同時に石畳を蹴った。

「ただの副官だ」

＊　　＊

「相変わらずすげえな」

フリーデを護衛していたジェリク分隊長が、愛用の魔撃銃を構えながら笑った。

フリーデは懸命に魔力を吸い取りながら、ふと思い出す。

（あの魔撃銃、確か『俺の大将』って名前だったよね）

もちろんヴァイトのことだ。ジェリク分隊長はヴァイトの幼なじみで、一番の親友として有名だった。

「おいフリーデ、城壁が戻り始めてるぜ。大丈夫か？」

「うわっと!?」

気を抜いていたら、すぐに城壁が修復されてしまう。せっかくバイパスした大路と小路が分断されてしまったら、砂の街の機能が回復する。

自動修復する砂の城壁から魔力を吸い取ってまた砂に戻していると、カイトが探知術で何か調べながらこう言った。

「いいぞフリーデ、その調子だ。偽アソンは都市から魔力を受け取ろうとしているが、蓄えられた魔力がどんどん減ってる。空気中に放出してるんだ。ヴァイトさんはそれを拾い食いしてる」

「拾い食いって」

父の親友たちはみんな良い人ばかりだが、もう少し言い方というものを考えてほしい。

それよりも心配なのは、父ヴァイトの戦いぶりだ。

ヴァイトは偽アソンと光弾の撃ち合いになっている。光弾だけなら吸収してしまえるから大丈夫だが、敵は砂で創ったクリーチャーを次々に召喚しており、そちらの方が脅威だった。

人狼化したヴァイトは目で追うのも難しいほど俊敏に動き回り、砂の怪物たちを避けている。しかし紙一重だ。さっきのフリーデの戦いとよく似ている。

「お父さん大丈夫かな……」

思わず不安になると、カイトが気楽な口調で言った。

「確かにこの戦い、ヴァイトさんにとってはしんどい展開だ。人狼の牙でも魔撃銃の光弾でも偽アソンは倒せない。本体もほとんど砂でできてるからな」

「じゃ、じゃあどうやって倒すんですか!?」

カイトの答えは簡潔だった。

「相手の魔力切れを待ってる。七百カイト分の魔力を全部使わせて、動けなくなるまで戦うつもりだ」

「えええええ!?」

無謀すぎる。フリーデはギョッとしたが、カイトは笑っていた。

「心配するな、あいつの魔力はすでに五百六十カイト程度にまで減ってる」

「まだそんなに!?　お父さんが一回でも避け損ねたら、ぺしゃんこにされそうなんですけど!?」

砂の怪物はどんどん数を増やしており、砂の大蛇とヌエモドキがそこらじゅうで同士討ちを起こしていた。中心部にいるヴァイトがどれほどの猛攻を浴びているのか想像もつかない。

それでもカイトたちは呑気だった。

「無駄な動きをすると慣性がつくからな。まあ強化術でしっかり守ってるし、一発二発もらったところで何ともないだろ」

「他人事みたいに言う!?　ねえジェリクさん、助けなくていいの!?」

しかしジェリクも笑っていた。

「俺もうちの分隊員も殴り合いは得意じゃないからな。とはいえ、ガーニー兄弟やファーンでも足手まといにしかならないと思うが」

「おじさんたちでも無理なの!?」

父の従兄弟のガーベルトとニーベルトは人狼隊の格技教官だ。

しかしカイトもジェリクもヴァイトのことは心配していないようで、二人で何か相談している。

「あそこの壁の角は応力がかかってて脆いはずだ。ぶち抜けば少しは支援になるんじゃないか？」

「悪くないな。あそこが崩れたら二箇所で決壊するから……うん、魔術紋をズタズタにできる。敵の消耗を早められるぞ」

「よし、全員に声かけてくるぜ」

てきぱきと打ち合わせして、城壁破壊に向かう大人たち。気づけばあちこちで人狼隊が壁を壊そうとしている。

ジェリクが遠吠えをすると彼らは一斉に目標を変更し、ジェリクの示した一点を攻撃し始めた。

人狼の拳と蹴りが、岩のように固められた砂壁を砕く。

「フリーデ、お前も頼むぞ。人狼隊全員より、お前の方が破壊能力が高いんだからな」

「はっ、はい！」

やがて砂の怪物たちの一部がフリーデたちを脅威と認識したのか、こちらに襲いかかってきた。

それを敏感に察知したカイトが叫ぶ。

「モンザ隊、狙われてるぞ！」

「あは、やったね！」

モンザの嬉しそうな声と共に、細く鋭い光弾が絹糸のように奔《はし》る。砂の大蛇が次々に撃ち抜かれ、砂に還って散っていった。

フリーデはどんどん不安になっていく。

「先生、これ本当に勝てるんですか!?」

「いや、俺たちはいつもこんな感じだぞ？」

カイトに心底不思議そうな顔をされたので、フリーデは戸惑う。

「いつもですか？　こんなのをいつも？」

「ドラウライトの秘宝のときに比べたらかなり楽だな」

「かなり楽って……」

「ああ、だから心配しないで自分のことだけやってろ。この状況に持ち込んだ以上、もう偽アソンに勝ち目はない。あいつは今も膨大な魔力を持っているが、ヴァイトさんどころか俺たちさえ一人も殺せないだろう」

カイトの嬉しそうな顔を見て、フリーデは父たちの戦歴を改めて想う。

（お父さんたち、どんだけムチャクチャしてきたんだろ……）

同じことはフリーデの友人たちも思っているようで、みんな必死になって戦っていた。こちらは余裕がまるでない。

「みんな、フリーデを守るんだ！」

「わかってます！　ヨシュア、正面をお願い！　イオリは警戒を！」

イオリと猫人たちが戦況を把握し、ユヒテが司令塔になり、シリンとヨシュアが戦う。フリーデ自身も魔撃銃で応戦した。吸い取った魔力を吐き出すのにちょうどいい。

その頃、ヴァイトはたった一人で偽アソンと戦っていた。この世のものとは思えない光景に、フリーデは祈るような気持ちになる。

（誰でもいいから、どうかお父さんを守ってください！　お父さん、負けないで！）

＊　＊

俺は延々と続く消耗戦に少し退屈しながらも、油断せずに偽アソンを追い詰めていた。

「この程度で俺を殺せると思ってるのか？」

挑発すると砂の大蛇がまた増える。

あれを作り出して動かすのは、かなりの魔力を消費するはずだ。それに召喚したところで、どうせ他のクリーチャーが邪魔で何もできやしない。魔力の浪費だ。

でもこんな戦いぶりだと、フリーデは心配するだろうな……。人狼に限らず狩りというのはとても地味なので、心配だろうが待ってもらうしかない。

俺は見た目にも大変地味な消耗戦を続けていく。前世のゲームでボスを弱体化させるために、取り巻きが湧いてこなくなるまで戦ったのを思い出す。

偽アソンはといえば、魔力の供給不足にだいぶ焦っているようだった。

「ぬううっ!?」

クリーチャーを召喚しすぎなんだって。

フリーデたちが砂の迷宮を壊し続けているので、そっちからは魔力が次第に供給されなくなっていた。そしてあいつは無駄な攻撃を繰り返し、じわじわ消耗していく。

もちろん油断すれば砂のクリーチャーたちに呑み込まれ、地中深くに生き埋めにされてしまうだろう。

それにフリーデたちも攻撃されている。ときどき『襲牙』で敵を撃ち減らしてはいるが、余所見《よそみ》をしていると俺も危ない。火力支援にも限界があった。

やがて偽アソンもそのことに気づいたのか、ニヤリと笑う。

「汝を倒すのは至難とみたり。されどあやつらはいかに?」

「自分で何とかするだろ」

それよりお前は自分の心配をしろ。

一見すると砂の怪物の大群が大暴れする世紀末的な光景だが、実際は偽アソンが苦し紛れに術を乱発しているだけだ。有効打はひとつも打てていない。

俺が偽アソンを釘付けにしている間、他のみんなは偽アソンが蓄えた魔力をその辺にぶちまけている。

この連携を崩すには、砂の怪物たちは俺をほったらかしにして全軍でフリーデたちを襲う必要がある。

しかし偽アソンは目の前にいる俺を無視できない。俺が魔力を吸い取るところを見ているので、偽アソンは俺への警戒を解除できないのだ。魔法生物の限界だな。

偽アソンは次々に砂の怪物を召喚し、魔撃銃を真似た光弾を放ち、ついでに俺に精神的な揺さぶりをかけようとしてくる。

だがどれも無駄だった。

やがて砂の怪物が新たに召喚されなくなる。そして徐々に砂の怪物が減り始めた。俺が破壊してる訳じゃない。維持できなくなって勝手に崩壊している。

「あなや……」

偽アソンが古めかしい口調でなんか嘆いているが、魔力を与えるとすぐまた復活するから徹底的に追い詰める。まだ油断はできない。

砂のクリーチャーがどんどん減っていく。凝った造形のヌエモドキたちが真っ先に全滅し、続いて砂虫モドキの大蛇がヒョロヒョロに痩せ細って消えていく。

うんざりするぐらい長い消耗戦の末に、偽アソン一人が残った。

「おじ上、城壁の再生が止まりました！　それとカイト先生によると、偽アソンの体内魔力はすでに百カイト未満とのことです！」

たぶん伝令役を頼まれたのだろう、シリンが駆けつけてきて叫ぶ。どうやら向こうは終わったようだ。

「よしわかった」

じゃあ俺も仕上げといくか。俺は攻勢に転じることにした。

偽アソンに肉薄すると、がっしりした体軀を羽交い締めにする。

平安貴族ってもっと雅《みやび》な感じで細いかと思っていたけど、アソンはどうやら武士顔負けの強靱な肉体を持っていたようだ。こいつは偽者だけどな。

「おのれ、不埒な！」

アソンの真似してるお前に言われたくないよ。俺は人狼の力で偽アソンを締め上げつつ、接触した場所から魔力を吸い取る。

「うおおおおぉ！」

「ぎゃあぁぁあ！　やめよ！　やめぬか！」

偽アソンはじたばたともがいたが、格闘戦の心得はないようだ。本物ならもう少しいい動きをしていただろう。

もちろんやめないので、俺は魔力を喰らい尽くす。

「うごお…おあぁ……お……おおぉ……」

偽アソン全体から色が失われ、砂色になる。やがてサラサラと崩れ落ち、一山の砂になった。他の砂と混ざり、砂漠を吹き抜ける風に飛ばされていく。

ごちそうさまでした。

その頃にはカイトや人狼隊、それにフリーデたちが集まってきていた。フリーデが皆を代表して、おそるおそる問う。

「やっつけた？」

「やっつけた」

俺は笑うと、フリーデの頭をくしゃくしゃ撫でた。

「よく頑張ったな。それより何でこんなとこにいるんだ？」

「説明すると長くなるけど、それより本当にもう大丈夫なの？　まだどっかに偽アソンの分身がいたりしない？」

心配性だな。誰に似たんだ。

「カイトが言ってただろ、こいつが『核』を持ってるって」

俺は砂山の中に手を突っ込むと、ごそごそやって「核」を取り出した。

「これが偽アソンの『核』だ」

「それって……」

みんなが俺の右手に注目する。

「壺の蓋じゃねーか!?」

「なにそれ!?　そんなものが偽アソンの正体なの!?」

「俺たちゃ壺の蓋に殺されそうになったのか!?」

気持ちはよくわかりますが、魔術師の世界ではよくある話です。

カイトに壺の蓋を渡すと、魔術総監殿が重々しくうなずく。

「やっぱり『アソンの秘宝』の蓋です。壺の口径や意匠と合致してますよ。記録を取ったのは俺ですから間違いありません」

何があったんだろうな、本当に。興味が尽きない。

「カイト、これもう大丈夫か？」

「大丈夫だと思いますけど、念のために魔術紋の一部を封印しておきましょう」

カイトは壺の蓋をひっくり返すと、裏側にびっしり書き込まれている魔術紋に赤い糊《のり》をぺたぺたと塗った。魔術紋の一部が塗り潰され、蓋は完全に機能を停止する。

「処置終わりました。持って帰って早く調べましょう」

「そうだな。多聞院にも早く報告したいし……」

俺はそう言って、ちらりとイオリを見る。

「できればミラルディアだけで独占してしまいたかったが、トキタカ殿の御息女がいるんじゃ隠し立てできないな。イオリ殿、お手柄だよ」

「は、はい」

ガチガチに緊張した様子でイオリが頭を下げる。

何があったのかはわからないが、観星衆の一員であるイオリがここにいるのは何らかの任務だろう。あるいは命令違反かもしれない。

だとしたら何らかの手土産を持たせておかないと、帰国後に彼女が困ったことになるかもしれない。そのための布石だった。

娘の友達は大事にしないとな。

「さてと」

俺はカイトに壺の蓋を預けると、一同に言った。

「魔力バランスがかなり崩れてきたから、そろそろ遺跡全体が崩落するぞ。撤収しよう」

「はい！」

その後ちょっと大変だったのは言うまでもない。

生き埋めになるかと思った。

風紋砂漠の奥地で、アソンを騙る魔法生物が密かに魔力を蓄えていた。それも、人類に害を為すために。

この情報はすぐにミラルディアとワにもたらされ、俺は当事者としてワに赴くことになった。

もちろんフリーデも一緒だ。我が愛しの魔王様の命だった。なんせ命令書には「ついでにフリーデのこともよろしくお願いしますね」と書いてある。

「公私混同すぎるだろ……」

「お母さんは心配性だから」

お父さんも心配性だぞ。まあいいや、どのみちフリーデの行状についてもいろいろ聞きたかったところだ。

俺たちは多聞院の一室でトキタカを待つ。彼は多聞院の対外諜報部門の長であり、外交でも大きな権限を持っているとされる。

すぐに彼は現れたが、意外な人物を同伴していた。養女のイオリだ。

「ヴァイト殿、お久しゅうございます」

「こちらこそ。トキタカ殿も御健勝で何よりです」

するとトキタカは白髪を撫でつけながら苦笑する。

「いえいえ、最近は具足術の稽古で若い者に遅れを取るようになりました。長として示しがつきません」

むしろ今も若手に稽古をつけてるのが驚きだよ。彼はかなりの手練れだと聞いているが、噂通りのようだ。

俺はイオリにも挨拶する。

「イオリ殿、先日は我が国の留学生たちを助けて頂き、ありがとうございました。ミラルディア魔王の副官としてお礼を申し上げます」

とたんにイオリが顔を真っ赤にして狼狽《うろた》える。

「いえ、いえいえいえ……いえ！」

他に言葉が出てこないらしい。手がわたわたとせわしなく動いている。すまん、おじさんはもうおじさんだから、若い子とどう接していいかわからないんだ。

ちょっと困っていると、トキタカがますます苦笑した。

「申し訳ありません。どうしてもヴァイト殿にお願いしたいことがあるというので、仕方なく連れて参りました」

「お願いですか」

イオリがどんな少女かはフリーデから聞いている。褒美が欲しいとかではないだろう。

「公私混同はできませんが、イオリ殿には借りがあります。何でしょうか?」

「あのっ……あの……」

イオリは赤くなったり青くなったりしてだいぶ緊張している様子だったが、意を決したのか強い口調でこう言う。

「私もミラルディアに行きたいのです！」

「ええええ!?」

驚いているのは俺じゃなくてフリーデだ。目をまんまるにしている。

逆にイオリは叫んだことで吹っ切れたのか、恭しく膝をついて一礼する。

「私はフリーデ殿と共に成長したいのです！　フミノ殿の弟子になり、ミラルディアで暮らしたいと思っております！　どうか御許可を！」

「それは問題ないというか、イオリ殿の入国を断る理由がありません。……あれだ、ここからは私的な会話にしようか」

俺はイオリの緊張をほぐすために、少しくだけた口調にした。

「フリーデのことを気に入ってくれたんだね？」

「はい！　フリーデは尊敬できる人物です。必ずや、両国にとって不可欠の人材になると確信しています！」

「いやいや、勝手に確信しないで!?　過大評価すぎる!?」

　フリーデがおろおろしている。うーん、どっかで見た光景だ。やっぱり親子だな。

　俺はフリーデを制しつつ、イオリを促す。

「うちの子を認めてくれてありがとう。父親として光栄に思う。しかしワの方は問題ないのかな？」

　するとトキタカが深々と溜息をついた。

「仕方ありますまい。『観星衆は対外諜報組織であり、その長の跡取り候補が国外を知らぬのでは話にならない』と言われたのでは」

　薄々感じてたけど、トキタカ殿って娘には甘いタイプだよね？

　俺のそんな視線を感じたのか、トキタカは小さく咳払いする。

「フミノは観星衆屈指の実力者ですし、対ミラルディア外交の責任者として多くの部下を束ねる立場です。イオリの師としては適任でしょう」

「しかし御息女が国外に出るのは不安ではありませんか？」

　するとトキタカは珍しく恨めしげな表情をする。

「隣国の王女が海外留学を繰り返しているのでは、不安だなどとは申せますまい」

俺のせいかよ。俺だって不安だけど送り出してるんだってば。

俺が一瞬絶句すると、トキタカは困ったように笑う。

「フリーデ殿はヴァイト殿にそっくりです。我が国の大事な人材を持っていってしまう」

俺は誰も引き抜いてないぞ。トキタカの右腕のフミノだって、ちゃんと今でもトキタカの部下だ。

彼女がミラルディアに駐在しているのは、たぶん俺のせいだとは思うけど。

何か言ってやろうと思ったとき、トキタカは深々と一礼した。

「娘のこと、よろしくお頼み申し上げます」

その姿に心を打たれ、俺はおとなしく応じるしかなかった。

「はい。責任をもってお預かりいたします」

こうしてイオリはフリーデの学友として、ミラルディア大学に留学することになった。フミノから諜報や外交に関する手ほどきも受けるらしい。見るからに賢そうだし、いずれ手強い相手になりそうだ。

あとついでに猫人の抜け忍たちも魔王軍で採用することになった。

何でもかんでも拾ってくるんじゃありません。

フリーデたちが退出した後、俺は偽アソンに関する師匠の見解を伝える。

「今回遭遇した魔法生物は、おそらく『アソンの秘宝』の制御装置だったと考えられます」

ドラウライトの秘宝のときもそうだったが、戦神製造機である「秘宝」には、魔術師が人工知能を搭載させていることがある。後世で問題を起こすのはだいたいこのタイプだ。

「おそらくワの国父アソンは風紋砂漠の調査中に『秘宝』を見つけたのでしょう。そしてそれが危険なものであることを見抜いたのです」

「さすがはアソン様ですな」

　国父の活躍にトキタカもどことなく嬉しそうだ。俺もうなずいた。

「ええ。ただ、その『秘宝』の蓋には知性が宿っていたので、そのまま持ち出すことはしませんでした。ここから先はゴモヴィロア陛下ではなく私の推測ですが……」

　俺は咳払いし、こそっと打ち明ける。

「アソンは『秘宝』をうまいこと言って騙し、本体だけを持ち去ったのです」

「騙した……？」

「偽アソンが作っていた迷宮は、ワの都にそっくりでした。アソンが教えたのでしょう。たぶん『こっちの方が魔力たくさん集められるよ』とか言って」

　トキタカが唖然としているが、偽アソン内部の会話ログを解析した結果、どうもそれっぽいやり取りが記録されている。

　トキタカは困惑しつつも問い返した。

「都の仕組みは、人の流れがあって初めて意味があるのでしたな？」

「はい。だから無人の街を作っても意味がありません。偽アソンはどこかの時点で、そのことに気づきました。だから自分自身を通行人にして装置を回していたのです」

妖怪をとんちで騙す昔話みたいだ。本当に人間ってヤツは悪いな。

俺はニヤニヤしながら続けた。

「結局、千年経っても戦神を生み出すだけの魔力は集まりませんでした。迷宮に貯蔵できる魔力もすぐに限界に達し、周囲に溢れ出したのです。この魔術紋はもともと、集めた魔力を防衛用に放出する構造になっていますから」

こうしてアソンは秘宝の企てを完璧に阻止したが、溢れ出した魔力が大量の巨大砂虫を作ってしまった。秘宝本体が猫人を変異させたのと同じだ。

「ただアソンは魔術師ではなかったため、秘宝本体の稼働を止めることはできませんでした」

そしてアソンは猫人たちに『秘宝』を託した後、完全に行方不明になってしまった。謎の多い人物だ。

トキタカは腕組みし、じっと瞑目する。それからこう言った。

「アソン様のやり残したことを、ヴァイト殿が成し遂げてくれた。神世との不思議な因縁を感じざるを得ません。神世への畏敬の念が改めて強くなりました」

「おおげさですよ」

ともあれ、これで『アソンの秘宝』の問題は全て片付いた。

「風紋砂漠については今後も引き続き調査が必要です。他にも『秘宝』があるかもしれません。それらが全て取り除かれれば、風紋砂漠はいずれ元の沃野に戻るでしょう」

トキタカはうなずく。

「夢のある未来です。そのときは領土問題が起こらぬよう、今のうちに協定を結んでおいた方が良いかもしれません」

「同感です」

もう戦争はたくさんだからな。


トキタカへの報告が終わった後、俺は異世界との扉になっている「神世の大鳥居」を調査していた。今回も彼の厚意によるものだ。

もっとも実際の作業を担当しているのは師匠だった。

「やれやれ、調べれば調べるほど謎が出てくるのう」

文句を言いつつも、きらきらと目を輝かせながら巨岩を見上げる師匠。

「物理的な構造からして特異じゃからの。ただの堆積岩に見えるが、内部に立体的な魔術紋が形成されておる。薄い層を無数に重ねて作っとるんじゃよ」

「火成岩ならまだわかるんですが、堆積岩ですからね……」

どうやって作ったんだろう。３Ｄプリンタみたいなものでも使ったんだろうか。

師匠にも判断がつかないようで、何度も首をひねっている。

「今の技術では作るだけで数億年かかるじゃろうな。そもそも人の頭脳ではこんな立体的な魔術紋は設計不可能じゃ」

限られた平面に魔術紋をうまく展開するだけでも結構難しい。ましてや立体ともなれば、どこをどうつなげるかで恐ろしい複雑さになるのだという。

「俺の前世では、こういうのはコンピュータがやってくれました。物凄い速さで総当たりさせて、一番いい組み合わせを見つけてくれるんですよ」

「ふむ、そういう方法ならうまくいくかもしれんのう。ともかくこれは何もかもが規格外、人智を超えた謎の遺物じゃよ」

一千年近い時を生きた古代の魔術師、大賢者ゴモヴィロアがそこまで言うとなれば、これは正真正銘のオーパーツだな。

この世界の魔法では、転生は死霊術の範疇に含まれる。

師匠も転生術については知識があるそうだが、それでもこの謎の魔法装置には手を焼いていた。

ただ、それでもしっかり成果を挙げている。俺はそのことについて質問した。

「師匠、この巨岩にアソンの『復路』の記録があるって本当ですか？」

俺の前世の世界とつながっている「神世の大鳥居」には、前世世界とのリンクだけでなく転移者や転生者たちのログも残っているという。

これは師匠率いるミラルディアの研究チームが発見したものだ。

「うむ。ほとんどの記録は往路、すなわちこちらに来たときのものじゃ。しかし唯一、あちらの世界に戻った記録がある。往路と復路の年代からして、アソン以外ありえぬ」

アソンはワの国父、初代転移者だ。

推定年代は平安時代なので、朝廷の臣下を意味する「朝臣」をそのまま名乗ったのだろうと俺は考えている。

恐ろしく頭が良く、人柄も穏和で皆から慕われていたという。

もっとも、それ以上のことはほとんどわからない。

陰陽道や風水っぽいものを嗜んでいた形跡がある、ということぐらいだ。

「人物像を聞く限り、アソンが『秘宝』を放置して帰るとは思えんのじゃが……」

「俺もそう思います。秘宝の止め方を調べに帰ったんでしょうか？」

「そうかもしれぬし、そうではないかもしれんのう。わからぬ。わからんものを無理にわかろうとすれば、往々にして道を誤る」

わからないままにしておく勇気も必要なのだと、師匠は俺にしみじみと語った。

「ほぼ間違いないのは、アソンの肉体も霊魂も、こちらの世界には存在しておらんということじゃな。元の世界で幸せになっておればよいが」

「俺の前世には異世界に行って戻ってきた人物の伝承がたくさんありました。もしかすると、そのうちの誰かかもしれませんね」

浦島太郎とか、小野篁《おののたかむら》とか、おむすびころりんのおじいさんとか。

師匠は小さな体で岩にへばりつくようにして、さんざん苦労して内部を調べ上げる。それから満足そうな顔をして、多聞院が用意してくれた床几《しょうぎ》にどっこらしょと腰掛けた。

それから俺を見て、ふと真顔になる。

「この巨岩には転移者の肉体や魂を呼び寄せるための情報が詰まっておる。その中には異世界の位

置座標もあった」

「異世界の座標って……それはもしかして」

「左様。おぬしのいた世界への道標じゃ」

師匠は遠い目をして、それからニコッと笑った。

「どうじゃな？　帰りたいとは思わぬか？」

「いえ全然」

「なんでじゃ……？」

俺の中じゃ、その話題はもうとっくに終わってるし。

「俺がこっちに転生して、もう四十年近く経ってますし……。時間の流れが同じなら、あっちでも四十年近く経ってるでしょう？」

前世で死んだ直後にこっちに転生したとも限らないし、今はこんな姿だ。遺伝子レベルで別人なんだから、俺は前世との連続性を完全に絶たれている。

しかし師匠はまじめな顔をして、さらに問いかけてくる。

「おぬしの死後、どうなったかぐらいは調べようもあろう。興味はないか？」

「いやまあ、無いこともないですが」

知ったところで俺の前世が戻ってくる訳じゃないしな。

先立つ不孝をやらかしてしまったし、できればこのまま何も知らずに済ませたい。

「だいたい師匠、俺が向こうに行って無事に帰ってこられるんですか？」

すると師匠は巨岩をぺたぺた撫でながら、亀裂に指をすぽすぽ突っ込む。

「この装置を修復できたら、理論上は無事に呼び戻してやれるじゃろうが、保証はしかねるのう……」

ほらみろ。ダメだダメ。

前世もそれなりに精一杯生きたし、あれはあれで悔いはない。

師匠はちょっと未練があるようだったが、杖で肩をトントン叩きながらつぶやく。

「ま、それが一番じゃろうな。わしとしては異世界への探究心もあるが、弟子を危険な目には遭わせられぬ」

「俺の心配じゃなくて自分の研究のためですか」

「そりゃそうじゃろ、こんな凄い装置があれば試してみたくもなろう」

わかる。俺も師匠の立場だったら絶対に再起動させせてる。

師匠は両手の指をつんつんさせながら、まだ言う。

「わしもおぬしの前世世界に行って、ゾンビエイガやらオバケヤシキやらを見学してみたかった……」

師匠みたいな異世界の死霊術師に来られても、たぶんみんな困ると思うんだけどな……。

でも映画館でポップコーンを頬張りながら興奮している師匠を想像すると、ちょっと微笑ましい。

俺は笑いながらも、首を横に振った。

「どのみちダメですよ。この装置はこちらの世界の未来や過去に干渉する可能性があります」

「ああ、おぬしの前後に転生してきた誰かじゃろ」

「ええ。たぶん俺の後だと思いますけど、記録から一人抜けてるんですよ」

そのときは召喚の儀式が成功しているのに、転生者は現れなかった。

ワの魔術師たちの追跡調査では、未来か過去に転生者を送り込んでしまった可能性が高いという。

このときの儀式の術者が一人、記録からも消えてしまっている。八人いないといけない術者が、どうしても七人しかわからないのだ。

歴史が変わったせいで、その人物は家系ごと消えてしまった可能性があった。

ということは、過去に転生者が送り込まれて歴史が変わったのかもしれない。

「未来ならともかく、過去に干渉されるとこちらは手出しができぬ。危険すぎるのう」

「干渉されたことにすら気づけませんからね。この装置は未来永劫、ここでただの御神体になってもらいましょう」

どのみち直せる者はいないが、万が一ということもある。

だから師匠に頼んで、神世の大鳥居を修理や改変できないよう、厳重にプロテクトをかけてもらった。

「うむ、処置完了じゃ。この術を破るには本格的な暗号解析が必要じゃが、それこそ『こんぴゅーた』とやらの演算能力を借りぬ限りは破れぬじゃろう。人智ではどうにもならぬ」

「じゃあしばらくは安心ですね」

俺は最大の懸念が片づいたので、ほっと溜息をつく。

「それにしても過去に送り込まれた転生者、結局誰だったんでしょうね。俺は共和制ロルムンドの奴隷剣士、ドラウライトが怪しいと思ってますが」

これは俺の憶測だったが、ミラルディアの山岳都市ドラウライトを調査した結果、金属製のカラビナやアイゼンなどが発見されている。

三百年前の、しかも誰も冬山に登らなかった時代にこんなものがあるはずがない。

師匠も同意見らしく、うむうむとうなずいてみせる。

「そうじゃな。だとすれば転生の儀式は歴史を激変させてしまっておる。ドラウライトがおらねばミラルディア十七都市同盟は建国されず、共和制ロルムンドの崩壊ももっと後じゃったろう」

その場合、ロルムンド帝国シュヴェーリン朝を築いた初代皇帝も、共和制ロルムンドの元老院に所属する一貴族として生涯を終えていたはずだ。

ロルムンドの歴史も大きく変わってしまう。

もちろん、ワの歴史もだ。

現代日本の転生者がワに来ていれば、ワは近代化を遂げていた可能性がある。国土を海と砂漠に囲まれた小さなワの国は、必然的に帝国主義に目覚めて……。

うーん、もう世界情勢が全く想像つかないぞ。これ以上、世の中をややこしくされても困る。

俺は溜息をついた。

「転生者にまつわる混乱は、もう終わりにしましょう。この世界に新たな転生者は必要ありません」

「そうじゃのう。ようやく平和になり、どの国も順調に発展しておるのじゃからな。英雄が前途を切り拓く時代は終わったのじゃよ」

「その通りです、師匠」

　これからは大勢の普通の人が、未来を築いていく時代だ。

「そのためにも、フリーデには早いとこ一人前になって欲しいんですが」

「それはおぬしの都合じゃろ？」

「まあそうなんですが、親としても我が子の成長には期待してますよ。フリーデだけでなく、次の世代のみんなに」

　すると師匠はふと思い出したように、ポンと手を叩いた。

「おお、そうじゃった。次の魔王の人選を始めねばの。アイリアに長いこと魔王の座を任せておったが、さすがにそろそろ疲れたじゃろう」

「そうですね、魔王やってると行動の自由がほとんどありませんし……。次は誰にしましょうか？」

「いや、おぬしの推挙で決めるつもりじゃが」

　安直過ぎるだろ。

「魔王を選ぶのは、やはり形式上の最高統治者である大魔王陛下だと思いますよ」

「そんなこと言われても、わしには政治はわからん」

「俺だってわかりませんよ」

こうなったら評議会で相談してみるか……。

ああでも、絶対もめるだろうなあ。魔王軍の統括者でもある魔王になりたがる人間はいないだろうが、自分に有利な魔王を選びたがるのは目に見えている。

師匠も何となくそういうゴタゴタには気づいているのか、大魔王らしからぬ卑屈な態度でスススと寄ってきた。

「まあそう言わんと、参考のためにわしに助言せぬか。魔王三代に仕えた副官じゃろう?」

そういう表現をすると、なんか重鎮みたいな気がしてくるから不思議だ。

頼まれると嫌とは言えない性格なので、俺は以前から考えていたことを師に申し出る。

「ええと……。リューニエ殿なんか、かなりいいとは思ってるんですけどね」

「ほう」

師匠の顔がほころんだ。

「魔族でもなく、ミラルディア人でもない、あの異国の王子か。戦士としての力量も乏しいゆえ、魔王軍の一部の将兵が納得せんじゃろ」

「だからこそ、ですよ。魔王なんか誰がやってもいいって、師匠も言ってたでしょう？　文句言うヤツは俺が腕ずくで説得しますし」

魔王を世襲制にはしたくないし、魔王に武勇は必要ない。

どこの生まれであろうが、ミラルディアのために尽くしてくれる有能な人材なら魔王になれる。

俺が健在なうちに、そういう前例を作っておきたかった。

「リューニエ殿は政争で父を討たれ、故郷を追放されて辛酸を味わった経験があります。にもかかわらず、憎しみを捨てて穏やかに生きています。ロルムンドからの移民だけでなく、ミラルディア人からの人望もある。政治能力も高いですね」

俺が彼の立場だったら、エレオラへの復讐に生涯を捧げていたかもしれない。

だが叔父のウォーロイとミラルディア連邦という受け皿があったとはいえ、リューニエは父の仇であるエレオラへの恨みを捨て去ることができた。

彼なら安心して王座を渡せる。

「謀反人であるドニエスク家当主の遺児を魔王に就かせることで、ロルムンド帝国はかなり警戒するでしょうが……。そのへんは俺が直接出向いて説明して、理解を求めてきてもいいですし」

「ふむ。何かまた、悪巧みしておる顔じゃな」

バレてる。

国内の引き締めに懸命なエレオラ帝に必要なのは、「隣国の脅威」という大義名分だからな。

『ロルムンドに遺恨を持つ新魔王リューニエ』という架空の脅威を作り、エレオラの治世に利用してもらおうと思っている。

もちろん、リューニエの即位後は徐々に両国の雪解けムードを演出しよう。それをエレオラの功績にしてもらえばいい。

うーん、我ながら白々しいプランだが、これから数十年はニヤニヤ楽しめそうだ。

師匠が苦笑する。

「おぬし、本当に悪い顔しておるのう……。わしに弟子入りしたときには、目を輝かせた初々しい少年じゃったのに」

今の俺は、陰謀大好きな魔王の副官ですから。

そこにフリーデとイオリがやってくる。

「お父さん、仕事終わった？」

「お父さんの仕事は終わったんだけど、師匠が帰る気がなくて困ってる」

俺が溜息をついてみせると、師匠が唇を尖らせた。

「おぬしとて興味津々であったろうに」

「いやまあそうなんですけど、さすがにそろそろ帰らないとまずいですよ」

それから俺はフリーデに向き直る。

「今回はよく頑張ったな、フリーデ。まさか風紋砂漠のあんな場所で出会うとは思わなかったが」

「えへへ」

えへへじゃないよ。あんまり親を心配させ……いや、俺が言えた台詞じゃない。

まああれだ。子供は親を心配させてるぐらいでちょうどいいんだろう。そういうことにしておく。

「ところでフリーデ、ちょっと聞いておきたいことがある」

「なに？」

フリーデは何かを感じ取ったのか、微かに緊張感を漂わせる。いい反応だ。

俺は真顔でフリーデを正面から見つめた。

「お前、偽アソンとの戦いで城壁を破壊できなかったらどうするつもりだった？」

これはとても大事な質問だ。

どんな計画も常に失敗する可能性がある。失敗したときのことを考えていない者に人を率いる資格はない。そういう意味では俺もちょっと怪しい。

するとフリーデは緊張しつつも淀みなく答えた。

「失敗したときはお父さんと合流するつもりだったよ」

「お父さんと合流？」

「うん。お父さんと一緒に戦って、みんなを逃がす。他に生き残れそうな方法が思いつかないもん」

いいのかな、こんなざっくりしたプランＢで……。

するとイオリがさりげなくフォローする。

「フリーデがヴァイト殿と共闘すれば、どれほどの強敵であっても十分な勝機があるでしょう。フリーデの判断は正しいと思います」

この子、どんなときでもフリーデの肩を持つよな。君はうちの娘に何をされたの？　心酔っぷりが凄くて若干怖い。

イオリの助け船に俺は困ってしまったが、とにかくフリーデが後先考えずに行動した訳ではないことはわかった。まあいいだろう。

「わかった。少々雑すぎる気もするが、計画が失敗したときに備えていたのは上出来だ。今後もそれを忘れるなよ」

「うん！」

危なっかしい気はするが、この子の年齢を考えれば高望みはできないな。魔王軍の現役士官にも危なっかしいのが大勢いるし、フリーデの方が活躍してくれそうだ。

「そろそろお前に大きな仕事を任せてもいいな」

「え？　あれ？　もしかして評議会に就職する流れ？」

「やりたい仕事が他にあるのなら、それをやってくれ。交易商でも戦球選手でも役者でもいい。なりたい自分になれ」

「じゃあしばらく評議会で働こうかな……お父さんいるし」

つなぎのバイトでみたいな感じで言われても困るけど、まあいいや。俺も成り行きで魔王軍に入った身だ。

「よし、帰国後に任官手続きを取る。給料払うからお父さんの仕事を手伝え」

「はーい。イオリも一緒でいい？」

「いいんじゃないかな」

イオリがミラルディア大学に編入すれば、評議会の助手として動かすことができる。指揮系統の問題は何とかなるだろう。

「他のみんなと一緒に頑張るね！」

「ああ、期待してるぞ」

娘と一緒に働くのが楽しみだ。

前世も決して嫌いじゃなかったけど、今はこの人生を満喫したい。

「よし、我が家の魔王陛下が寂しがってるだろうから帰るか！」

「うん！」

フリーデは嬉しそうに笑ったのだった。

# あとがき

お久しぶりです！　大変お待たせしました！　読者の皆様、お変わりありませんか？

私はだいぶ変わりました。主にレーベルなどが。

担当編集のふさのん氏が退職されると聞いたときには「もうダメだ」と思いましたが、なんやかんやありましてスクエニ様の新レーベルにて無事再会、そして執筆再開となりました。

担当編集だけでなく、本作に携わる方々はほぼ同じですので御安心ください。イラスト担当の手島先生はもちろん、編集長もデザイナー様もみんな同じ人です。

レーベルは変わりましたが本作を取り巻く環境は同じです。関係者の皆様の御厚意と御尽力に改めてお礼を申し上げます。ありがとうございます。

ただこれまでの書籍化と異なり、十四巻以降はほぼ全て新規書き下ろしとなります。

またフリーデを一人の主人公としてしっかり成長させるためにも、構成や演出を考えることになりました。ここをしっかり描かないと、いつまで経っても「主人公の娘」のままです。「主人公」

にはなれません。

ヴァイトの物語としても面白くなければいけませんし、ふたつの物語がうまく交わる点を探るのにかなり時間を要しました。

その試みの成否は読者の皆様に裁定して頂くとして、私自身はこの結果に満足しております。というか、今の私にはこれ以上良いものは書けませんので……。


そんな訳でして、今回は特に担当編集のふさのん様に御尽力いただきました。決して焦ることなく辛抱強く原稿を待ち続け、必要なときに必要なぶんだけサポートをしていただき、精神的にも支えていただきました。本当にありがとうございます。

そしてイラストレーターの手島先生にも引き続きイラストを担当していただき、少しずつ成長していくフリーデや新たに加わったイオリを魅力的に描いていただきました。手島先生の描くフリーデが我が子のように愛おしいです。


我が子といえば、うちの娘たちも順調に成長しております（ここから親馬鹿タイムです）。フリーデは十五才になりましたが、幼少期フリーデのモデルになった長女はまだ七才です。

性格もフリーデとはかなり異なってきました。繊細かつ深謀遠慮の芸術家肌で、本作にはいないタイプです。これは新しいキャラのモデルに使えるな……と、邪悪な企みを巡らしております。

三才の次女はガーニー兄弟みたいに元気ですが、これから人格形成期なので徐々に変わっていくでしょう。新しいキャラのモデルになることを祈っています。

娘たちが大きくなって本作を読むことがあれば、多少は私の親心も……いや、そんなものは無視して好きなように生きてくれればいいなと思います。

教育学では親子関係は人間関係の第一歩と考えられており、親は「子供が安心して帰れる場所」であることが望ましい……みたいなことを習った記憶があります（二十年以上前の記憶ですが）。

安心して帰れる場所があるからこそ、そこから巣立つこともできるのでしょう。

フリーデも安住の世界から踏み出し、巣立ちのときを迎えていると言えるかもしれません。彼女の切り開く人生が幸多きものになるよう、娘を持つ男親として頑張って執筆していきたいと思います。

……なんか綺麗にまとめてしまったので自分で不安になってきました。こんなこと書く人間じゃないはずなのに……。

それでは皆様、十五巻での彼女の活躍とヴァイトの奮闘に御期待ください（たぶん出るはずですので）。

また、拙作「オネエ軍師　～庶子たちの戦争～」が「辺境下級貴族の逆転ライフ　可愛い弟妹が大事な兄なので、あらゆる邪魔ものは魔女から授かった力と現代知識で排除します」に改題されてカドカワＢＯＯＫＳ様から今年四月発売予定です。大幅に加筆してますので、ＷＥＢ版の読者様にもぜひ御一読頂けたらいいなと思っています。

新刊おめでとうございます。
移籍してもお声を掛けてくださってありがとうございます!
―瑚澄遊智

大人の
エン
シリーズ続々刊行します!
悪役令嬢は
溺愛ルートに入りました!?
人狼への転生、魔王の副官 ⑭
退屈嫌いの封印術師
～復活せし不死王たち～
雑用係兼支援術師は
パーティー追放に憧れる
～世間は追放ブームなのに、俺を
過大評価するパーティーメンバーたちが
決して手放そうとしてくれない～
マイナススキル持ち四人が
集まったら、なんかシナジー発揮して
最強パーティーができた件
わたしは
ふたつめの人生をあるく! ③
毎月7日発売!
SQEX

SQEXノベル

# 人狼への転生、魔王の副官 14
## 黒狼姫と砂の追憶

著者
漂月

イラストレーター
手島nari



2021年3月5日　初版発行

発行人
松浦克義

発行所
株式会社スクウェア・エニックス
〒160−8430
東京都新宿区新宿6−27−30　新宿イーストサイドスクエア
（お問い合わせ）スクウェア・エニックス　サポートセンター
https://sqex.to/PUB

印刷所
図書印刷株式会社

担当編集
齋藤芙嵯乃

装幀
百足屋ユウコ＋石田隆（ムシカゴグラフィクス）

この作品はフィクションです。
実在の人物・団体・事件などには、いっさい関係ありません。



ISBN978-4-7575-7064-1 C0093　Printed in Japan